교과서 속
전래 동화
쏙쏙 뽑아 읽기

교과서 속
전래 동화
쏙쏙 뽑아 읽기
3학년

1판 1쇄 발행 2010년 12월 31일 | 1판 5쇄 발행 2012년 4월 20일
2판 1쇄 발행 2014년 4월 21일 | 2판 3쇄 발행 2015년 8월 13일
글쓴이 기획집단 세사람 | 그린이 이명애
펴낸이 홍석 | 기획위원 채희석 | 책임편집 김숙진
디자인 여현미, 박두레 | 마케팅 홍성우 • 김정혜 • 김화영
펴낸곳 도서출판 풀빛 | 등록 1979년 3월 6일 제8-24호
주소 서울특별시 서대문구 북아현로 11가길 12 3층 (북아현동, 한일빌딩)
전화 02-363-5995(영업) 02-362-8900(편집) | 팩스 02-393-3858
전자우편 kids@pulbit.co.kr | 홈페이지 www.pulbit.co.kr

ⓒ풀빛 2010, 2014

ISBN 978-89-7474-234-8 63810

이 도서의 국립중앙도서관 출판시도서목록(CIP)은 서지정보유통지원시스템 홈페이지
(http://seoji.nl.go.kr)와 국가자료공동목록시스템(http://www.nl.go.kr/kolisnet)에서
이용하실 수 있습니다. (CIP제어번호 : CIP2014011917)

3학년

교과서 속
전래 동화
쏙쏙 뽑아 읽기

세사람 글 | 이명애 그림

풀빛

전래 동화가 주는 재미와 교훈을 느껴 보세요

여러분은 책 좋아하세요? 전 어렸을 때 책을 읽는 것보다 책을 가지고 노는 것을 좋아했습니다. 방 안에서 책을 쌓아 집을 만들거나 울타리를 만들었습니다. 그 안에서 인형 놀이하는 것을 좋아했지요. 그러다가 초등학교에 들어가서 책 읽는 재미를 알게 됐고요.

이 책에는 교과서에 나오는 전래 동화가 실려 있습니다. 워낙 유명한 이야기들이 많아서 여러분이 아는 내용도 있고, 처음 읽은 이야기도 있을 것입니다.

이미 아는 이야기라도 다시 읽으면서 어른들이 왜 이 이야기를 꼭 읽으라고 했을지 생각해 보세요.

전래 동화는 예로부터 전해 내려오는 이야기입니다. 옛날에는 모두 모여서 농사를 함께 지었는데, 일하면서 틈틈이 나누던 이야기입니다. 또, 할머니가 잠자려는 아이의 머리맡에서 들려주던 이야기였지요. 전래 동화는 입에서 입으로 계속 전해져서 우리에게까지 전해진 이야기입니다. 아마 우리의 후손들도 읽게 되겠죠.

전래 동화는 재미있습니다. 무서운 호랑이도 나오고 꾀 많은 토끼도 나옵니다. 아, 도깨비 방망이를 든 도깨비도 빼놓으면 안 되죠. 이런 '재미'와 함께 옛날에 살던 어른들이 여러분에게 해 주고 싶은 이야기는 '좋은 마음을 품고 열심히 일하면 복이 온 다'는 교훈입니다.

전래 동화에서 착한 사람은 복을 받고, 나쁜 일을 한 사람은 벌을 받습니다. 초등학생이라면 누구나 이러한 세상의 이치를 잘 알 것입니다. 그런데 책을 읽다가 조금만 다르게 생각해 보면 이런 질문도 할 수 있습니다.

"나쁜 사람은 왜 나쁜 사람이 됐을까?"

"나쁜 사람에게도 좋은 점이 있지 않을까?"

머릿속에 자유롭게 상상하고 질문하세요. 여러분의 상상력이 커질수록 여러분의 꿈도 커지니까요.

어린이 여러분! 교과서에서 쏙쏙 뽑아 낸 전래 동화를 읽으며 재미와 교훈을 찾아보세요. 그러면 여러분도 책으로 집짓기보다, 책 읽기가 훨씬 즐겁다는 것을 느끼게 될 것입니다.

2010. 12.

기획집단 세사람

차례

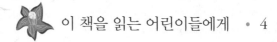

이 책을 읽는 어린이들에게 • 4

어른들이 해 주는 이야기를 깊이 생각해 보세요.
선생님이나 부모님은 어린이에게 전래 동화를 많이 읽도록
합니다. 어린이가 어떤 판단을 바르게 해야 할 때 이야기는
마음에 씨앗으로 남아 도움을 주기 때문입니다. 예로부터 전하여 오는 이
야기에는 삶의 지혜가 담겨 있습니다. 전래 동화마다 어떤 교훈이 담겨 있
는지 잘 생각해 봅시다.

여러 가지

생각

선비와 갈모

아주 오래된 옛날이야기입니다.

한 젊은 선비가 아버지의 심부름으로 친척집에 가려고 집을 나섰습니다. 선비는 심부름하기 귀찮아서 투덜거렸습니다.

"에잇, 한창 글공부하는데 심부름을 시키실 게 뭐람."

그때 선비의 어머니가 선비를 불러 세웠습니다.

"얘야, 하늘을 보니 비가 쏟아지겠구나. 갈모를 챙겨 가거라."

갈모는 예전에 비가 올 때 갓 위에 포개 쓰던 고깔과 비슷하게 생긴 물건입니다.

젊은 선비는 어머니 말에 하늘을 올려다보았습니다. 구름이 많았지만 해가 반짝하니 비가 올 것 같지 않았습니다.

"날씨가 이렇게 맑은데 비라니요. 귀찮으니 그냥 가겠습니다."

"귀찮다고 대비하지 않았다가 낯선 곳에서 비를 만나면 어쩌려고."

선비는 어머니의 말을 듣지 않고 갈모 없이 집을 나섰습니다.

선비가 친척 집 마을에 왔을 무렵 한두 방울 비가 떨어지나 싶더니 갑자기 천둥번개가 치면서 비가 쏟아졌습니다. 눈앞에 발이 쳐진 듯 비가 억수로 내렸습니다.

선비는 우선 남의 집 처마 밑에 가서 비를 피했습니다.

'이를 어쩐다. 빗속을 뛰어가다가는 전해야 할 편지가 다 젖을 텐데.'

한참을 기다렸지만 비는 그칠 줄을 몰랐습니다.

선비는 오도가도 못 하고 처마 밑에서 발만 동동 굴렀습니다.

'날이 점점 어두워지네. 편지를 드리고 집으로 돌아가야 하는데, 더 늦어지면 밤길을 걷겠구나. 호랑이라도 나오면 어쩌지.'

젊은 선비는 제발 비가 그치기를 바랐지만 비는 그칠 기미가 보이지 않았습니다.

'어머니가 주신 갈모를 받아왔더라면 이런 낭패를 당하지 않았을 텐데.'

선비가 후회하며 울상을 지었습니다. 그때 누군가 선비에게 말을 걸었습니다.

"이보게 젊은이, 갈모가 없어서 여기 서 있는 것인가?"

흰머리가 성성한 나이 지긋한 선비가 젊은 선비에게 말을 걸었습니다.

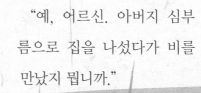

"예, 어르신. 아버지 심부름으로 집을 나섰다가 비를 만났지 뭡니까."

젊은 선비가 울상을 한 채 대답했습니다.

"그럼 내 갈모를 빌려 주지."

"저에게 갈모를 빌려 주면 어르신은 어찌 가시려고요?"

"자네처럼 갈모를 준비하지 못한 사람이 있을까 봐, 갈모를 하나 더 쓰고 다닌다네."

나이 든 선비는 자신의 갈모를 벗어서 젊은 선비에게 주었습니다.

젊은 선비는 이제 편지를 전하고 집으로 돌아갈 수 있다는 생각에 참 기뻤습니다.

"갈모는 제가 잘 쓰고 말려서 내일 꼭 돌려드리겠습니다. 댁이 어디신지요?"

나이 든 선비는 젊은 선비에게 자신의 집을 잘 설명했습니다.

"그럼 내일 보세. 늦었으니 어서 가게나."

"예, 고맙습니다. 어르신."

젊은 선비는 다시 한 번 나이 든 선비에게 고맙다고 인사하고 얼른 친척 집으로 향했습니다.

빌린 갈모 덕분에 무사히 심부름을 마친 젊은 선비는 밤이 되기 전에 집으로 돌아올 수 있었습니다.

다음 날이 되었습니다. 밤새 내리던 비가 그치고 맑은 날씨가 되었습니다.

젊은 선비가 빌린 갈모를 돌려주러 가야 할 시간입니다. 하지만 선비는 방에서 책을 읽으며 생각했습니다.

'고작 갈모 하나 돌려주러 그 먼 길을 다시 가야 하나?'

어제는 그토록 고마웠던 갈모였지만 지금은 짐스럽게만 느껴졌습니다.

'그 어르신은 갈모가 두 개나 있으니 하나쯤 없다고 해도 크게 불편하지 않을 거야. 그리고 날씨도 좋으니 갈모를 돌려주지 않아도 괜찮겠지.'

젊은 선비는 갈모를 돌려주기로 한 약속을 어기고 책만 읽었습니다.

해가 바뀌고 나라의 관리를 뽑는 과거가 다가왔습니다. 젊은 선비는 시험을 통과해서 관리가 되었습니다.

젊은 선비가 멋진 관복을 입고 처음 일하러 가는 날입니다. 젊은 선비는 기분이 아주 좋았습니다.

윗사람들에게 인사를 드리러 간 자리에서 선비는 깜짝 놀랐습니다. 자신에게 갈모를 빌려 준 나이 든 선비가 자신의 윗사람이었기 때문입니다.

나이 든 선비도 젊은 선비를 알아보았습니다.

"자네는 나에게 갈모를 빌려 갔던 사람이 아닌가?"

"예, 어르신. 갈모를 빌려 주셔서 낭패를 면했던 사람입니다."

"나에게 갈모를 빌려 가면서 분명히 다음 날 돌려주겠다고 했지. 하지만 아직까지 난 갈모를 받지 못했네."

젊은 선비는 부끄러운 마음이 들어 쩔쩔 맸습니다.

"죄송합니다, 어르신. 제가 생각이 짧았습니다. 앞으로는 약속을 어기는 일이 없도록 하겠습니다."

"자네처럼 작은 약속도 지키지 못하는 사람에게 나랏일을 맡길 수 없네. 썩 물러가게."

관청에서 쫓겨난 젊은 선비는 집으로 되돌아갈 수밖에 없었습니다. 터벅터벅 힘없이 걷는 선비의 머리 위로 장대비가 쏟아졌습니다.

논리력이 쑥쑥~

집에 돌아간 선비는 아버지께 자신이 왜 관직을 잃었는지 이야기했습니다. 아들의 말을 들은 아버지는 우는 아들에게 물었습니다.

"넌 지금 관직을 잃어서 슬픈 것이냐? 아니면 네가 낯선 이의 도움을 받고도 제대로 약속을 지키지 않은 일이 창피해서 슬픈 것이냐?"

아들은 대답했습니다.

"관직을 잃어서 슬프기도 하고, 약속을 못 지킨 일이 창피하기도 합니다."

아버지는 다시 물었습니다.

"나는 네가 관직을 잃은 일보다 약속을 어긴 일이 더 슬프다. 넌 네가 약속을 못 지킨 것이 들통 나지 않았다면 네가 계속 관직에 있어도 된다고 생각하느냐?"

1. 아버지의 질문에 아들은 어떤 대답을 했을지 생각해 보세요.

- -

2. 아버지는 아들이 관직을 잃은 일보다 약속을 어긴 일을 더 슬퍼했을까요?

- -

검정소와 누렁소

　더운 여름날이었습니다. 어느 선비가 말을 타고 시골길을 가고 있었습니다. 밭에서는 농부들이 한창 밭갈이를 했는데, 그중 한 늙은 농부가 소 두 마리를 함께 몰면서 밭을 갈고 있었습니다. 그것을 바라보던 선비는 농부에게 큰 소리로 물었습니다.

　"그 검정소와 누렁소 중에서 어떤 소가 일을 더 잘합니까?"

　선비의 물음을 들은 농부는 당황한 얼굴로 밭 가장자리로 나왔습니다. 그리고 선비 곁에까지 와서 작게 말했습니다.

　"어느 쪽이 일을 잘하느냐고 물으셨지요? 힘은 저 검정소가 더 셉니다만, 꾀부리지 않고 일을 잘하는 건 누렁소지요."

　그 말을 들은 선비는 껄껄 웃으며 말했습니다.

　"하하, 잘 알았소이다. 헌데 노인장께서는 하찮은 짐승의 이야기가 뭐 중요하다고 여기까지 나와 비밀스럽게 말씀하십니까?"

　그러자 노인은 조용히 고개를 저으며 말했습니다.

"아무리 말 못하는 짐승이라도 나쁜 말을 듣게 하면 안 되는 법이지요. 앞에서 혼내는 것보다 뒤에서 흉본 것이 더 기분 나쁜 법이라오. 누렁소가 더 일을 잘한다고 한 것이 검정소의 귀에 들어가면 아무리 짐승이라도 기분이 좋을 리가 있겠소."

부리는 소까지 배려하는 늙은 농부의 마음 씀씀이에 선비는 깊이 감동했습니다. 그때의 감동을 교훈 삼아 선비는 평생 남을 헐뜯는 말을 하지 않고 살았는데, 이 선비가 바로 조선 세종 때의 황희 정승입니다.

논리력이 쑥쑥~

1. 앞의 이야기에서 검정소와 누렁소의 주인은 왜 어느 소가 일을 더 잘하냐는 선비의 질문에 큰 소리로 "누렁소가 더 잘합니다!" 하고 외치지 않고 선비에 게 다가와 이야기했는지 생각해 봅시다.

- -

2. 선비는 어떤 점 때문에 농부에게 감동했는지 생각해 봅시다.

- -

3. 유대인이 읽는 책 '미드라시'에는 이런 격언이 있습니다.

"험담은 세 사람을 헤친다. 말하는 사람, 험담당하는 사람 그리고 듣는 사람 이다."

격언은 오래 쌓인 생활 체험을 통해 얻은 인생의 교훈을 간결하게 표현한 짧은 글입니다. '미드라시'의 이 격언이 주는 교훈이 무엇인지 생각해 봅시다.

대동강을 판
봉이 김 선달

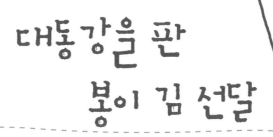

　김 선달은 조선 후기 사람으로 이름은 김인홍입니다. '선달'
은 과거에 급제했으나, 아직 벼슬을 받지 못한 사람을 뜻합니다.

　하루는 봉이 김 선달이 대동강 나루터를 지날 때였습니다. 사
대부 집에 물을 길어다 주는 물장수들은 땀을 뻘뻘 흘리며 물을
나르는데 한양에서 놀러 온 양반들은 정자에 앉아 큰 소리로 떠
들며 놀았습니다.

　이를 본 봉이 김 선달은 한양 양반들을 골려 주려고 꾀를 냈습
니다. 김 선달은 물장수들을 데리고 주막으로 갔습니다.

　"여기들 보시오. 내 지금 엽전을 몇 닢씩 나누어 줄 터이니 내
일부터 물을 지고 갈 때마다 나에게 한 닢씩 던져 주시게."

　물장수들은 영문을 몰랐지만 김 선달이 늘 자신들을 도와주었
기에 순순히 그렇게 하겠다고 했습니다.

　이튿날 김 선달은 옷을 잘 차려입고 평양성 동문을 지나는
길목에 책상과 의자를 놓고 앉았습니다.

물장수들은 전날 약속한 대로 물을 지고 지나가면서 김 선달에게 엽전을 한 닢씩 냈습니다.

김 선달은 의젓하게 앉아서 물장수들이 던져 주는 엽전을 헛기침을 하면서 받았습니다.

이 광경을 사람들이 수군대며 살폈습니다. 이때 엽전을 내지 못한 물장수가 김 선달에게 호되게 야단을 맞았습니다.

"선달님 제가 깜빡했습니다. 내일 꼭 챙겨 오겠습니다."

"물을 떠가기 싫은 게 아니면 내일은 잊지 말아야 할 걸세."

이를 본 한양 양반들은 대동강 물이 김 선달 것인데 물장수가 물값을 내지 못해서 야단을 맞는다고 착각했습니다.

대동상에 주인이 있을 리가 없는데 말입니다.

　한양 양반들은 물값을 못 내 망신당하지 않게 엽전을 준비해
야겠다며 야단이었습니다. 김 선달은 며칠 동안 물장수들에게 엽
전을 받았습니다. 물론 김 선달이 미리 준 돈이었습니다. 그것도
모르고 한양 양반들은 모여서 궁리했습니다.

　"마르지 않는 대동강을 지금 사둔다면 얼마나 좋겠소. 자자손
손 잘 먹고 잘 살 것이 아니오."

25

"하지만 김 선달이 대동강을 우리에게 팔려고 할까?"

"김 선달은 딱 보기에도 어수룩해서 우리가 잘만 꾀면 넘어올 것이오."

대동강을 사기로 마음먹은 한양 양반들은 김 선달을 어르고 달래서 주막으로 데려왔습니다.

방에는 맛있는 요리가 한상 가득 차려져 있었습니다. 김 선달은 떡갈비를 먹으며 한양 양반들에게 말했습니다.

"조상대대로 내려온 대동강을 내가 마음대로 팔 수 없소. 그나저나 음식들이 하나같이 다 맛있구려."

"김 선달, 대동강 값은 섭섭지 않게 쳐드리겠소. 1천 냥이면 되겠소?"

김 선달은 떡갈비만 맛있게 씹을 뿐 아무 대답도 하지 않았습니다.

"2천 냥이면 파시겠소?"

"어머니께서 참 좋아하시겠는데 음식 좀 싸 주실 수 있소?"

"물론 싸 드리지요. 그럼 3천 냥이면 파시겠소?

김 선달은 고개를 갸우뚱거리며 갈등하는 시늉을 했습니다.

한양 양반은 결심했는지 큰 소리로 말했습니다.

"좋소. 4천 냥 드리리다! 4천 냥이면 파시겠소?"

4천 냥이면 황소를 60마리나 살 수 있는 큰돈입니다.

26

김 선달은 고개를 끄덕이며 말했습니다.

"내 자식이 없어 물려줄 수도 없는데 대동강을 끼고 있을 필요가 없지. 좋소! 대동강을 팔겠소."

김 선달은 대동강을 팔기로 해 놓고도 계약서에 도장 찍기 서운한 듯 주저했습니다. 그러자 한양 양반들은 김 선달 마음이 바뀔까 봐 빨리 찍으라고 졸라대서 결국 계약을 했답니다. 김 선달이 임자 없는 대동강을 팔아 큰돈을 번 것입니다.

봉이 김 선달은 양반들을 골탕 먹이고 뺏은 돈을 어려운 백성들에게 고루 나누어 주었습니다.

그 뒤로도 김 선달은 권세 있는 양반, 부유한 상인, 위선적인 종교인들을 꾀로 혼내 주는 여러 일화를 남겼습니다. 그리고 자신은 가난을 즐기며 살았다고 합니다.

논리력이 쑥쑥~

1. 한양 양반들은 왜 대동강이 김 선달의 것이라고 생각했습니까?

- -

2. 예전에 맑은 물이 많았을 때는 맑은 물이 공짜였습니다. 하지만 지금은 물을
   사 먹어야 합니다. 우리 주위에 지금은 공짜지만, 소중히 여기지 않으면 돈으
   로 사게 될 것은 무엇이 있는지 생각해 봅시다.

- -

3. '봉이 김 선달'은 번뜩이는 재치가 넘치는 인물입니다. 대동강을 팔아먹은
   일 말고도 많은 일화가 전해 내려옵니다. 어떤 것들이 있는지 찾아보도록 합
   시다. 특히 왜 '봉이'라고 불렸는지 찾아봅시다.

- -

토끼와 자라

아주 옛날 푸른 바다에 사는 용왕이 병이 들었습니다. 귀하다는 약을 써 보았지만 어떤 약도 소용이 없었습니다.

용왕은 한탄했습니다.

"나는 바다의 왕인데 이렇게 죽어야 한단 말인가! 딱 십 년만 더 살고 싶구나."

용왕은 자신의 보물 창고에 갔습니다. 용왕의 보물 창고에는 번쩍번쩍한 금은보화가 가득했습니다. 용왕은 저 많은 보물을 다 써 보지도 못하고 죽으려니 너무 아까웠습니다.

용왕은 신하들을 불러 모았습니다.

"여봐라. 내 병을 고치는 자에게 상으로 금은보화를 내리겠다. 내 말을 온 바다에 알려라."

신하들은 너도나도 용왕의 병을 고쳐보려고 애썼습니다. 하지만 아무도 용왕을 살릴 수 있는 방법을 알아내지 못했습니다.

용왕은 실망한 채 잠이 들었습니다.

그날 밤 용왕의 꿈에 세 명의 도사가 찾아왔습니다. 도사들은
각각 검은색 옷, 붉은색 옷, 푸른색 옷을 입었습니다. 세 명 모두
흰 수염이 바닥까지 닿았습니다.

"용왕의 병은 술을 많이 마셔서 생긴 병입니다."

검은색 옷을 입은 도사가 말했습니다.

"바다에서 난 약으로는 병을 고칠 수 없습니다."

이번에는 붉은색 옷을 입은 도사가 말했습니다.

용왕이 한숨을 쉬면서 물었습니다.

"그럼 나는 그냥 죽기를 기다려야 한다는 말이오?"

그때 푸른색 옷을 입은 도사가 말했습니다.

"용왕의 병은 뭍에 사는 토끼의 간을 먹어야 나을 수 있소."

그 말을 남기고 세 명의 도사는 연기처럼 사라졌습니다.

용왕은 눈을 뜨자마자 신하들에게 명령을 내렸습니다.

"육지로 올라가 토끼의 간을 가져오너라!"

그 말에 신하들은 깜짝 놀랐습니다. 육지에는 한 번도 가본 적이 없으니까요. 누구도 선뜻 나서서 육지에 올라가겠다고 말하지 않았습니다.

용왕은 화가 났습니다.

"짐을 위해 육지로 갈 신하가 한 명도 없단 말인가!"

신하들은 조용했습니다.

"이 중에서 가장 똑똑한 불가사리 대신이 육지에 다녀오시오!"

용왕이 명령했습니다. 불가사리 대신은 깜짝 놀랐습니다. 자신이 똑똑한 것은 맞지만 육지에 가려니 무서웠습니다. 불가사리 대신는 납작 엎드려 절하며 말했습니다.

"용왕님, 저는 눈이 어두워 낯선 곳에 갔다가는 길을 잃고 헤매다 죽을 것이옵니다."

용왕은 불가사리 대신이 괘씸했지만, 그렇다고 죽으라고 육지에 보낼 수는 없었습니다.

"이런! 이런! 나를 위해 육지로 나가 토끼의 간을 구해올 신하가 한 명도 없단 말이오!"

용왕은 화가 나 크게 소리쳤습니다.

그때 차분한 목소리가 들렸습니다.

"용왕님, 제가 다녀오겠습니다."

용왕과 신하들은 놀라서 소리가 나는 쪽을 바라보았습니다. 그곳에는 문지기 자라가 서 있었습니다.

"네가 육지에 다녀오겠다고?"

볼품없는 자라의 모습에 용왕은 실망했습니다.

"예, 용왕님. 꼭 토끼의 간을 구해 오겠습니다."

용왕은 자라가 미덥지 못했습니다. 하지만 자라 말고는 육지에 가겠다고 나서는 신하가 한 명도 없었습니다.

"좋다. 자라는 어서 육지로 올라가 토끼의 간을 구해오너라."

용왕은 문지기였던 자라를 장군에 임명했습니다.

자라는 용왕에게 큰절을 하고 육지로 떠났습니다.

자라는 육지로 올라와 여러 동물을 만났습니다.

"네가 토끼니?"

"아니야, 난 닭이야. 토끼는 발이 네 개야. 깡충깡충 뛰어다니지."

닭이 다시 모이를 쪼아 먹었습니다.

자라는 또 한참을 걸었습니다.

"네가 토끼니?"

"하하하, 나처럼 큰 토끼가 어디 있니. 난 황소다. 토끼는 나보다 훨씬 작고 뿔도 없지."

자라는 한참을 더 걸었습니다.

"네가 토끼니?"

자라가 황소보다 작은 동물에게 물었습니다.

"아니, 난 토끼가 아니야. 난 눈이 예쁜 고양이지. 토끼는 눈이 빨갛다고."

자라가 마당에서 잠이 든 동물을 깨웠습니다.

"네가 토끼니?"

"왜 날 깨우는 거야? 난 토끼가 아니라 개야. 토끼는 귀가 길잖아."

자라는 느린 걸음으로 열심히 걸었습니다.

그때 한 동물이 폴짝폴짝 풀숲에서 뛰어

놀고 있었습니다. 귀가 길고, 눈이 빨갛고, 깡충깡충 뛰어 다니는 것이 토끼가 분명했습니다.

"네가 토끼구나!"

자라가 기뻐서 외쳤습니다.

"그래, 토끼다. 어쩔래."

토끼가 따지듯 묻자 자라가 움츠러들었습니다.

"난 용궁에서 온 자라 장군이야. 만나서 반갑다."

토끼는 자라의 말을 들은 채 만 채했습니다. 토끼는 먹던 풀을 마저 먹었습니다.

"토끼야, 나랑 용궁에 갈래?"

"용궁? 내가 왜 용궁에 가야 하는데? 난 여기도 참 좋거든."

"네가 왜 용궁에 가야 하냐면……."

자라는 토끼에게 어떻게 설명해야 할지 몰랐습니다. 토끼 간이 필요하다고 말하면 토끼는 용궁에 가지 않을 테니까요.

"나랑 용궁에 가면 금은보화가 생길 거야. 용왕님이 너에게 주신 댔어."

"금은보화?"

토끼가 귀를 쫑긋 세웠습니다.

"그래, 금은보화. 번쩍번쩍한 황금 말이야."

토끼는 잠깐 생각하더니 말했습니다.

"음, 그런데 금은보화가 있어 봤자 뭘 하겠어. 무겁기나 하지. 용궁에 안 갈래."

토끼는 다시 풀을 뜯어 먹었습니다. 자라는 깜짝 놀랐습니다. 토끼가 금은보화를 싫어할 줄은 몰랐거든요.

"네가 용궁에 안 가 봐서 그래. 용궁에 가면 좋은 게 아주 많아. 정말 좋은 곳이라니까."

"흥, 여기도 좋은 게 많거든. 높은 산도 있지, 맑은 옹달샘도 있지, 예쁜 나비도 있지. 용궁이 아무리 좋아도 여기만큼은 아닐걸. 그럼 안녕."

자라는 마음이 급했습니다. 토끼를 얼른 꾀서 용궁에 데리고 가고 싶었습니다. 자라는 돌아서는 토끼에게 외쳤습니다.

"용궁에 가면 맛있는 풀이 무척 많아!"

토끼가 자라를 돌아보았습니다.

"풀?"

"그래, 네가 못 먹어 본 풀이 물결에 따라 춤추는 곳이 용궁이야. 너도 보면 깜짝 놀랄 거야. 토끼야, 나랑 같이 용궁에 놀러 가자."

맛있는 풀이 많다는 말에 토끼는 자라를 따라가기로 했습니다.

36

"영차, 영차!"

자라는 토끼를 태우고 용궁을 향해 헤엄쳐 갔습니다. 처음 보는 바닷속 풍경에 토끼의 눈이 휘둥그레졌습니다.

"우와, 바닷속 정말 멋지다! 이렇게 멋지다고 미리 얘기를 하지."

자라 등 위에서 토끼는 계속 감탄했습니다.

"저게 뭐야? 저렇게 큰 동물을 처음 봐."

"고래 선생님이야. 참 좋은 분이지."

토끼는 고래를 향해 손을 흔들었습니다.

토끼는 들뜬 기분으로 자라를 따라 용궁에 들어갔습니다. 용궁에는 용왕과 모든 신하들이 모여 있었습니다.

용왕은 토끼를 보자 얼굴에 화색이 돌았습니다. 신하들도 처음 보는 토끼를 신기하게 쳐다봤습니다.

"초대해 주셔서 고맙습니다, 용왕님."

토끼는 용왕에게 깍듯이 인사했습니다.

"자라 장군 정말 장하다. 내 그대에게 큰 상을 내리겠다."

자라는 곁에 있는 토끼에게 미안해서 아무 말도 못한 채 용왕에게 인사했습니다.

"오늘은 자라 장군을 위해 잔치를 열어라. 공을 인정해 자라를 대장군에 임명하겠다!"

신하들은 "자라 대장군 만세"를 외치며 손뼉을 쳤습니다. 불가사리 대신이 그 모습을 못마땅한 얼굴로 보고 있었습니다.

불가사리 대신은 생각했습니다.

'이렇게 금방 토끼를 잡아 오다니! 토끼 잡는 게 이렇게 쉬운 줄 알았다면 내가 가는 건데.'

아무것도 모르는 토끼는 신하들과 함께 손뼉을 치며 자라를 축하했습니다.

왕이 또 말했습니다.

"그럼 어서 토끼의 배를 가르고 간을 꺼내 오거라!"

그 말에 토끼는 화들짝 놀랐습니다.

"가, 간을 꺼내다니요?"

"몰랐느냐? 네 간을 먹어야만 내 병이 낫는다는구나."

용왕의 말에 토끼는 자라를 노려보았습니다.

"미안하다, 토끼야. 거짓말하고 싶지 않았지만, 용왕님을 살리려다 보니 어쩔 수가 없었다."

자라는 고개를 푹 숙였습니다.

토끼는 자라의 어깨를 툭 치며 말했습니다.

"내 간이 필요했으면 말을 하지 그랬니. 간을 육지에 두고 왔단 말이야."

"뭐? 간을 두고 와?"

자라는 눈이 동그래져서 토끼를 보았습니다.

토끼는 용왕 앞에 무릎을 꿇고 웃으며 말했습니다.

"용왕님이 아프시다면 당연히 제 간을 드려야지요. 그런데 자라가 간이 필요하다 말하지 않아서 제 간을 육지에 두고 왔지 뭡니까."

"뭐라, 간을 육지에 두고 왔다고?"

용왕과 신하들은 깜짝 놀랐습니다.

"몸에 있는 간을 어찌 다른 곳에 둔단 말인가?"

"육지 동물은 간을 귀하게 여겨서 잘 숨겨 두고 다닙니다, 용왕님."

토끼는 술술 거짓말을 했습니다.

"아닙니다, 용왕님. 그런 이야기를 들어본 적이 없습니다."

신하들이 말했습니다.

왕이 똑똑하기로 유명한 불가사리 대신에게 물었습니다.

"토끼의 말이 사실인가?"

"예, 용왕님. 육지 동물은 간을 따로 둔다는 말을 들은 적이 있습니다. 자라 장군이 이를 몰라서 일을 그르쳤나 봅니다."

불가사리 대신은 자라가 왕에게 잘 보이는 게 싫어서 일부러 거짓말을 말했습니다. 불가사리 대신도 토끼가 간을 따로 둔다는 말을 들은 적이 없습니다.

용왕은 한숨을 내쉬고는 자라를 나무랐습니다.

"자라 장군은 잘 확인하고 토끼를 데려왔어야지. 간도 없는
토끼를 무엇하러 데려왔는가!"

자라는 땅바닥에 엎드렸습니다.

"죄송합니다, 용왕님."

"어서 다시 가서 토끼 간을 가져오너라."

"예!"

자라는 토끼를 데리고 얼른 왕궁에서 빠져나왔습니다. 육지로 돌아올 때까지 토끼는 화가 나서 자라에게 한마디도 안 했습니다.

육지에 도착한 자라가 토끼에게 물었습니다.

"거짓말해서 미안해, 토끼야. 그런데 네 간은 어디에 있니?"

"간 같은 소리하고 있네. 이 거짓말쟁이야!"

토끼는 튼튼한 뒷발로 자라를 뻥 찼습니다. 자라는 벌렁 뒤집어지고 말았습니다. 토끼는 뒤도 안 돌아보고 숲 속으로 들어갔습니다.

"토끼야, 가지 마! 나도 어쩔 수가 없었어!"

자라가 간신히 등딱지를 뒤집고 바로 섰습니다. 하지만 이미 토끼는 자취를 감추었습니다.

자라는 바닷가에서 엉엉 울었습니다.

"토끼의 간 없이는 용궁으로 돌아갈 수 없어. 용왕님께서 무척 실망하실 거야."

자라는 돌에 머리를 박고 죽기로 결심하고는 용궁을 향해 절했습니다.

"용왕님, 부디 만수무강하시옵소서."

그때 용궁에서는 회의가 한창이었습니다.

"용왕님, 이번에는 제가 가서 토끼 간을 구해 오겠습니다."

불가사리 대신은 자라 장군이 오기 전에 얼른 공을 세우고 싶었습니다.

"아직 자라 장군이 돌아오지 않았는데 토끼 간을 구하러 떠난
단 말이오?"

"자라 장군을 더 기다려야 하지 않겠습니까?"

다른 신하들은 불가사리 대신의 행동이 옳지 않다고 여겼습
니다.

이때 용왕이 말했습니다.

"내 병이 중하니, 차례를 기다릴 것 없소. 불가사리 대신은 어
서 떠나시오."

"예, 용왕님."

그렇게 불가사리 대신도 뭍을 향해 떠났습니다.

그날 밤 용왕은 꿈을 꾸었습니다. 전에 꿈에 나왔던 세 도인이
또 나타났습니다.

용왕은 도인들에게 말했습니다.

"전에 내 병을 고치는 약으로 토끼 간을 알려 주었는데, 자라
가 실수로 간 없는 토끼를 데려왔소. 토끼 간을 받으러 다시 육지
로 올라갔는데, 자라가 이번에는 간을 잘 받았소?"

검은색 옷을 입은 도인이 답했습니다.

"간을 두고 다니는 토끼는 없소."

용왕은 그제야 토끼에게 속은 것을 깨달았습니다.

"아, 지금 자라 장군은 어디 있소?"

붉은색 옷을 입은 도인이 답했습니다.

"토끼가 도망간 뒤에 스스로 죽었소."

도인의 말에 용왕이 눈물을 흘렸습니다.

"더 살고자 하는 내 욕심 때문에 훌륭한 신하 하나를 잃었구나."

용왕은 도인에게 얼마나 살 수 있는지 물었습니다.

"보름이요."

도인들은 또다시 홀연히 사라졌습니다. 용왕은 자라 장군을 보며 내 목숨이 귀한 만큼 남의 목숨도 귀하다는 것을 깨달았습니다. 또한 죽음을 맞이하는 모습도 후손에게 남기는 선물이 될 수 있음을 알았습니다.

"자라 장군은 충성심이 강한 모습을 남겼는데, 나는 죽는 순간까지 나만 살려고 버둥거리는 용왕이 될 뻔했구나!"

용왕은 자라에게 부끄러웠습니다. 용왕은 다음 날 자라의 가족들에게 많은 보물을 주고, 보물 창고를 열어 백성들에게 두루 나누어 주었습니다. 보름 동안 용왕은 좋은 일을 많이 하고 세상을 떠났습니다. 신하와 용궁 백성은 용왕의 죽음을 슬퍼했습니다.

한편 토끼를 잡으러 뭍으로 떠났던 불가사리 대신은 햇볕이 뜨거워 바닷가에서 말라 죽고 말았습니다.

논리력이 쑥쑥~

1. 자라는 왜 토끼를 속여 용궁으로 데리고 갔습니까?

- -

- -

2. 토끼가 육지로 돌아와 자라에게 화를 낸 이유가 무엇입니까?

- -

- -

3. 용왕은 자신이 죽은 뒤 후손에게 어떤 용왕으로 기억되기를 바랐습니까? 그
   이유는 무엇입니까?

- -

- -

호랑이와 나그네

옛날 옛날에 마음씨 착한 나그네가 길을 가고 있었습니다. 목이 말라서 개울가에서 목을 축이는데, 갑자기 도와 달라는 소리가 들렸습니다.

"도와주세요!"

나그네는 그 소리를 듣고 깜짝 놀랐습니다.

"아니, 이런 산속에서 누가 다치기라도 했나?"

나그네는 도와주려고 주위를 두리번거렸습니다. 하지만 아무도 보이지 않았습니다. 나그네는 자신이 잘못 들은 줄 알고 다시 길을 가려고 했습니다. 그때 또 다급한 목소리가 들렸습니다.

"저 좀 살려 주세요."

"지금 어디 있소? 난 못 찾겠소."

"이쪽으로 오십시오. 구덩이에 빠져 있습니다."

나그네가 목소리를 따라 풀숲을 헤치며 들어갔습니다. 조금 들어가자 커다란 구덩이가 보였습니다. 구덩이는 아주 깊어서 다

46

큰 사람 키보다 훨씬 깊었습니다. 그런데 구덩이 안에는 큰 호랑이 한 마리가 빠져 있었습니다. 나그네는 호랑이를 보자 무서워서 털썩 주저앉았습니다.

"호, 호랑이다!"

"나그네님, 저를 꺼내 주십시오. 어제부터 물 한 모금 못 마셨습니다. 배도 너무 고픕니다."

나그네는 호랑이가 배가 고프다는 말에 더 무서워졌습니다.

"도와주고 싶지만, 나와서 나를 잡아먹을 수도 있으니……."

호랑이를 고개를 절레절레 저었습니다.

"나그네님을 잡아먹다니요. 제가 은혜를 모르고 그런 짓을 할 리가 있습니까. 은인을 잡아먹는 그런 배은망덕한 짐승이 아닙니다. 제발 저 좀 꺼내 주십시오."

호랑이는 앞발을 비비며 나그네에게 애원했습니다.

나그네는 호랑이가 무서웠지만, 구덩이에 빠진 호랑이가 불쌍하기도 했습니다.

'여기 사람도 잘 다니지 않으니, 지금 호랑이를 구해 주지 않으면 여기에서 굶어 죽거나, 사냥꾼에게 잡히겠지.'

나그네는 호랑이에게 외쳤습니다.

"좋다. 나를 잡아먹지 않겠다고 약속하면 꺼내 주겠다."

"절대 나그네님을 잡아먹지 않겠습니다, 약속합니다."

    나그네는 호랑이를 꺼내 주려고 손을 뻗었지만 호랑이가 너무 깊은 곳에 빠져서 서로 손을 잡을 수가 없었습니다.

    나그네는 다른 방법을 찾았습니다. 나그네는 숲 속에서 쓰러진 나무를 찾았습니다. 그리 굵지 않아서 혼자서도 너끈히 구덩이까지 끌고 올 수 있었습니다. 나그네는 끌고 온 나무를 구덩이에 넣어 주었습니다.

호랑이는 그 나무를 타고 구덩이에서 빠져 나왔습니다.

하지만 구덩이에서 나온 호랑이는 땅 위로 올라오자마자 나그네를 잡아먹으려고 덤볐습니다.

나그네는 놀라서 뒷걸음질했습니다.

"으악! 이게 무슨 짓이냐!"

"구덩이에 오래 있었더니 배가 너무 고프다. 널 먹어야겠다."

"뭐라고! 목숨을 구해 준 은인을 잡아먹으려 하다니! 아까 분명히 날 잡아먹지 않겠다고 약속하지 않았느냐?"

호랑이는 태연하게 말했습니다.

"흥, 그건 내가 구덩이 안에 있을 때 이야기야. 내가 구덩이 밖으로 나왔는데 내가 왜 그 약속을 지켜야 하지?"

"못된 놈!"

나그네는 화가 나 외쳤습니다. 나그네의 말에 호랑이가 '어흥' 하고 울부짖었습니다.

"제일 못된 건 사람이지. 난 배고플 때만 사냥을 하고, 남기지 않고 다 먹는데, 사람은 한 끼 식사로 먹으려고 동물을 좁은 우리에서 평생을 살게 하지. 게다가 죽여 놓고 다 먹지도 못하고 버리잖아. 이것보다 못될 수가 있나!"

"그건 억지야. 누가 옳은지 여기 밤나무에게 물어보자."

"좋다. 밤나무에게 물어 봐라."

나그네는 밤나무 곁으로 달려갔습니다.

"밤나무님, 이제까지 보셨으니까 말씀해 주십시오. 호랑이가 약속을 지켜야겠지요?"

밤나무는 나그네를 내려다보며 느긋하게 말했습니다.

"호랑이는 약속을 지키지 않아도 되네. 사람은 내가 맑은 공기를 마시게 해 주고, 햇볕도 가려 주고, 알밤도 주는데도 나를 마구 베어 간다네. 호랑이야, 사람은 모두 잡아먹어라."

밤나무의 대답에 나그네는 털썩 주저앉았습니다. 밤나무가 호랑이 편을 들 줄은 몰랐으니까요. 나그네는 억울했습니다.

"어때? 밤나무님도 네가 내 밥이 되는 게 옳다고 하는구나."

나그네는 자신이 주저앉은 길을 보며 외쳤습니다.

"땅한테 한 번 더 물어보자!"

"알았다. 빨리 물어 봐라. 이번에도 내가 옳다고 하면 군말 없이 내 밥이 되어라."

나그네는 다급하게 길에게 물었습니다.

"땅님, 전 호랑이에게 속았습니다. 호랑이가 잘못한 것이 맞지요?"

길은 나그네에게 차갑게 말했습니다.

"아니, 호랑이가 잘못한 건 없어. 내 몸에 그 구덩이를 파 놓은 것도 인간이니까. 사람은 날마다 내 위를 걸어 다니면서도 고맙다는 인사 한 번 없지. 침을 퉤퉤 뱉고, 쓰레기나 버리지. 호랑이야, 얼른 잡아먹어라."

나그네는 땅의 말에 눈물을 뚝뚝 흘렸습니다. 이러다 호랑이 밥이 되겠구나 싶었습니다.

반면에 호랑이는 땅이 제 편을 들어주자 신이 나 어깨춤을 덩실덩실 추었습니다.

"그럼 이제 맛있게 먹어 볼까."

"잠깐, 무엇이든 삼세번은 해야지. 한 번만 더 물어보자!"

"좋다. 하지만 이번이 마지막이다. 더는 배가 고파서 못 기다리겠거든."

나그네는 급한 마음에 지나가는 흰 토끼를 불러 세웠습니다.

"토끼야, 내 억울한 이야기를 들어 보렴."

나그네는 흰 토끼에게 사정을 설명했습니다.

그런데 나그네의 이야기를 듣고 난 토끼가 무언가 이상하다는 듯 고개를 갸우뚱거렸습니다.

"세상에, 호랑이님이 못 빠져나오는 구덩이가 있다니 믿을 수 없습니다. 두 분이 저를 놀리는 것이지요?"

"정말이야. 내 목숨이 걸렸는데 장난을 치겠니?"

"정말이다. 그 구덩이는 정말 깊어서 도저히 빠져나올 수가 없었다."

나그네와 호랑이는 구덩이를 보여 주려고 토끼를 구덩이로 데려갔습니다.

"봐! 정말 깊지?"

호랑이는 토끼가 구덩이를 보고 놀라길 바랐습니다. 하지만 토끼는 별것 아니라는 듯 콧방귀를 뀌었습니다.

"에게, 이렇게 얕은 구덩이를 동물의 왕인 호랑이님이 못 빠져나오시다니요. 믿을 수 없습니다."

그 말에 호랑이가 억울하다는 듯 말했습니다.

"이 구덩이가 얕다고!"

호랑이가 자존심이 많이 상한 듯 버럭 화를 냈습니다. 그리고는 다시 말을 이었습니다.

"이 구덩이가 보기에는 얕아보일지 몰라도 이 깊이면 숲 속에 사는 어떤 동물도 빠져나올 수 없다. 나도 여기에 이틀이나 빠져 있었어."

나그네도 호랑이 말을 거들었습니다.

"호랑이 말이 맞아. 호랑이가 여기 빠져 있었어."

"제 눈으로 보지 않으면 믿지 못하겠어요."

토끼의 말에 호랑이가 기분이 상해 말했습니다. 그리고는 무언가 다짐한 듯 말했습니다.

"그래? 그렇다면 보여 주지."

53

호랑이는 냉큼 구덩이 안으로 뛰어들었습니다. 그리고 토끼에게 외쳤습니다.

"이 안으로 들어오면 올라가려고 해도 흙이 계속 미끄러져서 올라 갈 수가 없어."

이때 토끼가 나그네에게 속삭였습니다.

"나그네님, 호랑이가 다시 못 나오게 얼른 구덩이 안에 나무를 치우세요."

토끼의 말에 나그네는 옳다구나 하고, 나무를 치웠습니다.

호랑이는 그제야 토끼에게 속은 것을 알았습니다. 호랑이는 화가 나 소리쳤습니다.

"토끼 놈아! 내 다시 올라가면 너부터 잡아먹겠다!"

하지만 나그네와 토끼는 이미 멀리 떠나고 없었습니다.

논리력이 쑥쑥~

1. 구덩이 속에 빠져 있을 때, 호랑이는 나그네에게 무슨 약속을 했나요?

----

2. 구덩이에서 빠져 나온 뒤, 호랑이의 생각이 어떻게 변했을까요?

----

3. 호랑이가 되어서 나그네에 대한 생각이 바뀐 이유를 생각해 봅시다.

책에는 여러 가지 이야기가 나옵니다. 책은 재미있는 이야기만 알려 주는 것이 아니라, 우리가 여러 가지 생각을 해볼 수 있도록 질문을 던지기도 합니다. 이야기를 읽고 이야기가 내게 던진 질문에 대해 생각해 봅시다. 그리고 이야기가 전하고 싶었던 말은 무엇인지 생각해 봅시다.

좋은 생각이 있어요

짧아진 바지

    옛날, 어느 마을에 부지런한 부자가 한 명 살았습니다. 부자에게는 아들이 셋 있었습니다. 부자는 논이 많아 먹고살 걱정은 안 했지만, 게으른 세 아들 때문에 늘 걱정이었습니다.

    부자는 새벽부터 논에 나가 일을 했지만, 아들들은 방구석에 누워 잠만 잤습니다.

    세 아들은 아버지의 재산을 더 많이 물려받으려고 서로 자기가 아버지를 잘 모신다고 뽐냈습니다.

    첫째 아들이 말했습니다.

    "이 세상에서 아버지를 가장 잘 모시는 사람은 바로 나야. 그러니까 아버지께서는 나에게 가장 많은 재산을 물려주실 거야."

    "나는 아버지를 위해서 무엇이든지 할 수 있어. 아버지의 재산은 내가 가장 많이 가져야 돼."

    둘째 아들도 말했습니다.

    그러자 셋째 아들도 지지 않고 말했습니다.

"흥, 형들은 아버지의 재산을 물려받고 장가를 가면 색시밖에 모르겠지만, 나는 장가도 안 가고 아버지와 함께 살 거야. 그러니까 내가 재산을 가장 많이 물려받아야 해."

부자는 자기 아들들이 게으르긴 하지만 세상에서 가장 효성스럽다고 생각했습니다.

하지만, 마을 사람들은 그 부잣집 아들들보다 이웃 마을에 사는 농부의 세 아들이 더 효성스럽다고 칭찬했습니다.

부자는 농부의 아들들이 어째서 자기의 아들들보다 더 칭찬을 받는지 궁금했습니다.

해가 뉘엿뉘엿 질 무렵 부자는 길에서 농부를 만났습니다. 농부는 아들들과 함께 농사일을 끝내고 집으로 돌아가는 길이었습니다.

부자는 아들들과 함께 농사일을 하는 농부가 부러웠습니다. 농부는 함께 저녁을 먹자고 부자를 초대했습니다.

부자는 농부의 아들들이 어떻기에 자기 아들들보다 효자라고 소문이 났는지 궁금했습니다. 그래서 농부의 집에 가 보기로 했습니다.

농부는 부자를 반갑게 맞으며 방으로 안내했습니다.

그런데 잠시 뒤에 농부는 무릎이 다 드러나는 짧은 바지로 갈아입고 나왔습니다.

'아무리 집이라도 그렇지. 점잖은 사람이 다리가 다 드러나는 짧은 바지를 입다니……'

부자는 이상한 생각이 들었습니다. 그래서 농부에게 넌지시 물어보았습니다.

"어찌해서 무릎이 다 드러나는 짧은 바지를 입고 계십니까?"

농부는 껄껄 웃으면서 그 이유를 이야기해 주었습니다.

며칠 전에 농부는 먼 친척에게서 선물로 옷감을 받았습니다. 마침 마땅히 입을 옷이 없어서 여름 옷을 한 벌 해 입기로 했습니다. 그런데 새로 지은 옷을 입어 보니 바지가 한 뼘이나 길어서 땅에 질질 끌렸습니다.

농부는 마당에 모여 있는 아들들에게 헛기침을 하며 말했습니다.

"얘들아, 누가 내 바지를 한 뼘만 줄여 다오."

"네."

세 아들은 일제히 대답했습니다.

이튿날 오후가 되었습니다. 농부는 외출을 하려고 그 바지를 입었습니다.

그런데 바지가 너무 짧아서 무릎이 다 드러났습니다.

농부는 깜짝 놀라 세 아들을 불러 놓고 말했습니다.

"아니, 어젯밤에 내가 분명히 바지를 한 뼘만 줄여 달라고 하지 않았느냐? 그런데 바지를 이렇게 짧게 줄여 놓아서 도저히 입고 나갈 수가 없구나."

첫째 아들이 고개를 갸우뚱거리며 말했습니다.

"그것 참, 이상하네요. 제가 어젯밤에 아버지께서 말씀하신 대로 분명히 한 뼘만 줄여 놓았는데요."

그러자 둘째 아들이 깜짝 놀라며 말했습니다.

"형이 어젯밤에 줄여 놓았소? 이걸 어쩌나! 저는 그런 줄도 모르고 오늘 새벽에 일어나 그 바지를 다시 한 뼘 줄여 놓았지 뭡니까. 죄송해요, 아버지."

형들의 말을 듣고 있던 셋째 아들도 기어 들어가는 목소리로 말했습니다.

"전 형들이 줄여 놓은 줄도 모르고 오늘 아침에 또 한 뼘을 줄여 놓았습니다."

세 아들은 모두 어쩔 줄 몰라 당황하며 아버지께 용서를 빌었습니다.

그러자 농부가 웃으며 말했습니다.

"아니다, 얘들아. 너희가 줄여 놓은 이 바지야말로 나에게 가장 잘 맞는 바지란다."

농부에게 이 이야기를 들은 부자는 고개를 끄덕이며 집으로 돌아왔습니다.

부자는 자신의 세 아들이 효성스러운지 시험해 보기로 했습니다. 그래서 자기의 바지를 들고 아들들에게 말했습니다.

"얘들아, 이 바지가 너무 길어서 입을 수가 없구나. 내일 점심 때까지 이 바지를 한 뼘만 줄여다오."

"네."

부자의 세 아들이 대답했습니다.

그런데 이튿날 오후에 보니 바지는 어제 그대로였습니다.

부자는 세 아들을 불러 놓고 물었습니다.

"얘들아, 어젯밤에 내가 바지를 줄여 달라고 하지 않았느냐? 그런데 어째서 이 바지가 그대로 있느냐?"

첫째 아들이 눈을 동그랗게 뜨고 말했습니다.

"아니, 그 바지가 그대로 있습니까? 저는 둘째가 줄여 놓은 줄 알았는데요."

둘째 아들은 셋째 아들을 바라보며 말했습니다.

"그런 일이라면 당연히 막내가 해야죠?"

그러자 셋째 아들이 화를 내며 말했습니다.

"아니, 바느질도 서투른 제가 그런 걸 어떻게 해요? 그런 건 형들이 알아서 해야지요."

이 모습을 지켜 본 부자는 크게 한숨을 내쉬었습니다.

논리력이 쑥쑥~

1. 농부는 아들들에게 긴 바지를 한 뼘만 줄여 놓으라고 했습니다. 그런데 다음
   날 입어 보니 바지는 반바지가 되어 있었습니다. 그런데 농부는 왜 짧은 바지
   를 가장 잘 맞는 바지라고 했을까요?

   -

2. 이 이야기를 듣고 부자도 집으로 가 아들들에게 자신의 바지를 줄여 놓으라
   고 했습니다. 그런데 다음 날 부자의 바지는 그대로였습니다. 왜 그랬을까
   요?

   -

3. 만일 농부와 부자처럼 아버지가 바지를 줄여 달라고 했다면 나는 어떻게 했
   을까요? 이유를 생각해 봅시다.

   -

누군가에게 나의 생각을 전할 때에는 듣는 사람이 잘 들을 수 있게 말의 빠르기와 목소리의 높낮이 그리고 말투 등을 신경 쓰는 것이 좋습니다. 그래야 내용을 잘 전달할 수 있습니다. 이야기를 읽고 등장인물들의 특징을 살려 줄거리를 말해 봅시다. 그리고 특징을 살려 말할 때와 그렇지 않았을 때를 비교해 보고 그 차이를 알아 봅시다.

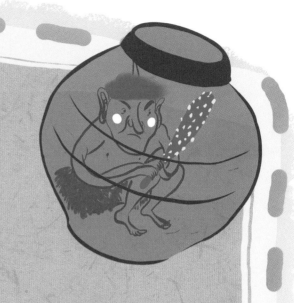

이야기의
세계

호랑이 훈장님

옛날 한 고을에 호랑이처럼 무서운 훈장이 있었습니다.

제자들과 고을 사람들은 훈장을 '호랑이 훈장님'이라고 불렀습니다.

호랑이 훈장은 선비의 체면을 중요하게 생각했습니다. 훈장은 장터에 나가 물건을 살 때면 항상 물건 값보다 넉넉하게 돈을 놓고 나왔습니다.

선비라면 돈에 연연하지 않아야 한다고 생각했기 때문입니다.

또 선비라는 이유로 비가 와도 비를 맞으며 천천히 걸었습니다. 아무리 급한 일이 있어도 호랑이 훈장은 뛰는 법이 없었습니다.

훈장은 제자들을 엄격하게 가르쳤습니다.

제자들은 서당에 들어오기 전에 얼굴과 손을 씻어야 하고, 언제나 옷을 깨끗이 입어야 했습니다.

한번은 제자들이 쉬는 시간에 눈싸움을 하고 흙투성이가 된 채

70

공부하러 들어왔다가 학당에서 쫓겨난 적도 있습니다.

엄하기만 한 호랑이 훈장도 기분 좋게 웃을 때가 있습니다. 바로 오늘처럼 학당을 졸업한 제자들이 찾아왔을 때입니다.

먼 곳에 사는 제자들이 새해 인사를 드리러 온 것입니다.

제자들은 호랑이 훈장에게 절을 올렸습니다. 훈장은 오래간만에 제자가 찾아와서 참 기뻤습니다.

"스승님, 그동안 별고 없으셨는지요?"

"난 잘 지냈다. 너희는 어찌 지냈느냐?"

선배들에게 자리를 내 주고 후배들은 다른 방에서 약과를 먹으며 기다렸습니다. 선배들이 후배들 먹으라고 가져온 약과였습니다.

"아, 이 약과 참 맛있다."

"입에서 살살 녹는다, 녹아."

덕구와 시형이는 선배들이 준 약과를 아까워하며 조금씩 맛있게 먹었습니다.

"선배들이 자주 왔으면 좋겠다."

덕구의 말에 시형이가 웃으며 물었습니다.

"왜? 약과 많이 먹고 싶어서?"

"응, 달콤한 약과는 매일 먹어도 안 질릴 텐데."

덕구는 마지막 남은 약과 조각을 한입에 쏙 넣고 눈을 감고 맛을 음미했습니다.

　얼마 뒤 선배들이 가고 방에 들어가 보니 훈장 책상 위에 비단 보자기로 싼 단지가 있었습니다.

　"스승님, 그것이 무엇입니까?"

　덕구가 물었습니다. 호랑이 훈장은 당황하며 얼른 단지를 병풍 뒤 벽장에 넣었습니다.

　"이것은 아주 쓴 독약이니라."

　독약이라는 말에 제자들은 모두 놀랐습니다.

　"서당에 쥐가 많다고 했더니 챙겨 왔더구나. 먹으면 죽는 독약이니, 너희는 절대 이것을 만지지 마라. 알겠느냐?"

　"예."

　제자들은 한목소리로 대답했습니다.

　수업이 끝났습니다. 모두 집에 가려고 서당을 나서는데 덕구가 시형을 불렀습니다.

　"시형아, 선배들이 스승님께 선물 드린 게 무엇인지 궁금하지 않니?"

　"아까 독약이라고 하셨잖아."

　"설마 선배들이 우리에겐 약과를 주고 스승님께 독약을 선물했을라고."

　시형도 생각해 보니 고운 비단 보자기에 독약은 어울리지 않았습니다.

두 제자는 장작더미 뒤에서 다른 사람들이 모두 가길 기다렸습니다.

이윽고 주위가 조용해졌습니다.

덕구와 시형은 고양이처럼 살금살금 훈장 방 앞으로 갔습니다. 그리고 문틈으로 방을 엿봤습니다.

그런데 이게 웬일일까요!

평소에는 호랑이처럼 무섭고 장승처럼 꼿꼿한 훈장이 선배들이 가져 온 단지를 끌어안고 손가락으로 찍어 쪽쪽 빨아먹고 있었습니다.

"맛있다, 맛있어. 정말 둘이 먹다 하나가 죽어도 모르겠구나."

훈장이 맛있다고 감탄하며 손가락으로 찍어 먹는 것은 바로 꿀이었습니다.

덕구와 시형은 스승님의 모습에 웃음이 터지는 걸 간신히 참았습니다.

서당을 빠져나온 덕구와 시형은 훈장의 모습이 자꾸만 떠올라 웃음이 터지고 말았습니다.

"선배들이 가져온 것이 꿀이었구나."

"아까 스승님이 드시는 거 봤어? 하하하, 아이처럼 손가락을 쪽쪽 빨아 드시더라."

"자고로 선비란 무슨 일이 벌어져도 경망스럽게 행동해서는
아니 되느니."

덕구가 스승님 흉내를 냈습니다.

덕구의 말투와 행동이 스승님과 비슷해서 시형은 더 크게 웃
었습니다. 두 사람은 한참을 더 웃다가 헤어졌습니다.

다음 날이 되었습니다.

학생들은 서당에 모여 여느 날처럼 훈장에게 글을 배웠습니다.

"어제 배운 것을 덕구가 읽어 보거라."

덕구는 또박또박 어제 배운 것을 읽었습니다.

"여영공呂榮公이 왈曰, 내무현부형內無賢父兄하고, 외무엄사우이능
유성자外無嚴師友而能有成者가 선의鮮矣니라."

"그래, 잘 읽었다. 뜻도 말해 보아라."

덕구는 당황했습니다. 뜻은 잊었기 때문입니다.

"여영공이 말하기를……."

"그래, 어서 말해 보거라."

훈장님은 덕구가 아무 대답도 못하자 화가 났습니다.

"어제 가르친 것을 벌써 잊었단 말이야. 덕구 말고 대답할 사
람 있느냐?"

서당 안이 조용해졌습니다.

"어찌 아무도 복습을 안 했단 말이냐!"

제자들은 고개를 숙인 채 말했습니다.

"잘못했습니다, 스승님."

호랑이 훈장님은 화가 나 벌떡 일어섰습니다.

"어제 배운 것도 기억하지 못하는데, 오늘 새로 배워서 무엇
하겠느냐. 복습이나 해라!"

호랑이 훈장님은 씩씩거리며 방을 나갔습니다.

훈장님이 나가시자 제자들은 걱정했습니다.

"스승님께서 많이 화가 나셨다. 어쩌지?"

이때 스승님의 화를 풀어드릴 좋은 생각이 있다며 시형이가 친구들을 불러 모았습니다.

잠시 뒤 화가 풀린 훈장은 제자들이 어찌 공부하고 있나 보려고 방으로 들어왔다가 깜짝 놀랐습니다. 자신이 아끼는 꿀단지는 텅텅 비어 있고 그 옆으로 제자들이 쓰러져 있었기 때문입니다.

"아니, 얘들아! 이게 무슨 일이냐!"

시형이 바닥에 누운 채로 대답했습니다.

"스승님께 너무 죄송해서 먹으면 죽는다는 독약을 먹고 지금 죽기를 기다리고 있습니다."

호랑이 훈장은 제자들의 행동에 어처구니가 없었습니다.

"이놈들! 이렇게 꾀부릴 머리로 공부를 하면 정승도 하겠다. 모두 바로 앉아라. 너희가 먹은 것은 꿀이지, 독약이 아니다."

스승님의 말에 제자들은 모두 똑바로 앉았습니다.

훈장은 덕구에게 아까 읽은 구절을 다시 읽으라고 했습니다.

"여영공呂滎公이 왈曰, 내무현부형內無賢父兄하고, 외무엄사우이능유성자外無嚴師友而能有成者가 선의鮮矣니라."

"이는 여영공이 한 말이다. 집 안에 어진 아버지와 형이 없고, 밖으로 엄한 스승과 벗이 없는 사람은 크게 되기 어렵다는 뜻이다. 내 너희를 혼낸 것은 너희를 나쁘게 하려는 것이 아니라, 너희를 잘되게 하려는 것이다. 알겠느냐?"

제자들은 고개를 숙이고 대답했습니다.

"앞으로 게으름 안 피우고, 배운 글을 열심히 복습할 것이냐?"

"예."

훈장은 맹꽁이처럼 대답만 잘한다며 제자들을 핀잔했습니다.

제자들은 스승의 화가 풀어진 것을 알고 배시시 웃었습니다.

훈장님은 빈 꿀단지를 보며, 쩝쩝 입맛을 다셨습니다.

"그나저나 이놈들 참 아무지게도 먹었구나."

"스승님, 저희가 나중에 커서 더 많이 가져
다 드리겠습니다."

덕구가 외쳤습니다.

"됐다, 다 필요 없고 지금 내 속이나 썩
히지 말거라."

훈장과 제자들이 한바탕 웃고는
다시 열심히 글을 읽었습니다.
서당에서 글 읽는 소리가 동
구 밖까지 퍼졌습니다.

논리력이 쑥쑥~

1. 훈장은 제자들이 복습을 안 하자 화를 냈습니다. 훈장은 왜 제자들이 스스로
   복습하길 바랄까요?

   -

   -

2. '아주 쓴 독약'과 '내가 쓴 편지'에서 '쓴'은 동음이의어입니다. '동음이의어'
   란 무엇일까요?

   -

   -

3. 먹는 '배'와 물을 건너가는 '배'처럼 동음이의어의 예를 들어 보세요.

   -

   -

도깨비를 골탕먹인 할아버지

옛날 옛적에 아주 부지런하고 지혜로운 농부 할아버지가 살았습니다.

할아버지는 여느 날처럼 밭을 일구고 있었습니다. 땀을 뻘뻘 흘리면서 괭이로 돌을 골라냈습니다. 할아버지는 밭 옆에 도깨비의 집이 있는 줄 까맣게 몰랐습니다.

할아버지가 일을 할 때마다 옆 동굴 속에 사는 도깨비가 아주 야단이 났습니다. 이 도깨비는 밤에 놀기 좋아해서 낮에 자야 했는데, 할아버지 일하는 소리 때문에 잠을 잘 수가 없었습니다.

"영차! 영차!"

그것도 모르고 할아버지는 계속 시끄럽게 소리 내며 일했습니다.

"에잇, 시끄러워서 못 살겠네! 잠을 못 자니 괴롭다, 괴로워!"

도깨비의 그런 사정을 알 턱이 없는 할아버지는 잠시도 쉬지 않고 괭이질을 했습니다.

해가 지자 도깨비는 집으로 돌아가는 농부의 뒤를 슬그머니 따라 나섰습니다.

할아버지는 도깨비가 따라 오는 줄 몰랐습니다.

할아버지가 집에 들어서자 할머니가 반갑게 맞아 주었습니다.

"일하시느라 고생이 많았죠. 어서 들어와 쉬세요."

"아니오. 하루 종일 집안일한 당신이 힘들었지. 어서 앉아요."

할머니와 할아버지가 서로 위하는 모습을 본 도깨비는 더욱 심술이 났습니다.

"나를 못 자게 한 놈이 저렇게 행복하다니! 두고 봐라! 혼내주고야 말 테다."

다음 날, 밭에 나간 농부는 깜짝 놀랐습니다. 밭에 돌들이 가득했기 때문입니다.

'흠, 사람이 한 짓이 아니야. 틀림없는 도깨비의 짓이로구나. 그렇다면…….'

농부는 도깨비가 들으라고 일부러 큰 소리로 말했습니다.

"누군지 모르지만 이렇게 돌을 많이 갖다 놓았으니 참 고맙기도 하지. 만약 거름을 갖다 놓았더라면 큰일 날 뻔했지 뭐야!"

농사일을 모르는 도깨비는 자기가 실수한 줄 알았습니다. 그래서 농부가 돌아가자마자 밭에서 돌을 싹 치웠습니다. 밭에 거름을 왕창 뿌렸습니다.

밤사이에 거름이 잔뜩 뿌려진 밭을 보고 농부는 깜짝 놀랐지만 속으로는 무척 좋았습니다.

'밭이 무척 기름져졌구나. 허리가 아파 거름 줄 생각도 못 했는데. 도깨비야, 고맙다!'

그러면서 도깨비가 들으라고 눈물을 지으며 투덜거렸습니다.

"아이고, 내 팔자야, 누가 이런 짓을 한 거야. 이를 어쩌나!"

도깨비는 할아버지가 풀이 죽자 신이 났습니다.

그때 할아버지가 아주 작게 말했습니다.

"여기 지렁이까지 바글거렸으면 정말 큰일 날 뻔했네. 그나마 지렁이가 없으니 다행이군."

도깨비는 그 말을 놓치지 않고 들었습니다. 그날 밤 도깨비는 거름 위에 지렁이를 쫙 뿌렸습니다.

다음 날 밭에 나온 할아버지는 깜짝 놀랐습니다. 기름진 밭을 조금만 들춰도 지렁이가 있었기 때문입니다. 지렁이는 땅을 비옥하게 하는 아주 좋은 벌레입니다. 할아버지는 지렁이를 보고 기분이 좋았지만, 도깨비 들으라고 또 우는 소리를 했습니다.

"아이고, 이렇게 지렁이까지 우글대니 올해 농사는 다 망쳤군. 망쳤어!"

그 말에 도깨비는 신이 나서 덩실덩실 춤을 추었습니다.

"아이고 고소하다. 속이 다 후련하네."

하지만 그해 가을, 풍년이 든 걸 보고서야 도깨비는 자기가 속
은 줄 알았습니다.

'내가 속았구나! 농부가 나를 속였어!'

도깨비는 더 화가 났습니다.

이제 도깨비는 할아버지를 따라다니며 골탕 먹일 생각만 했습
니다. 그러던 어느 날 할아버지가 밤송이 가시에 찔려 쩔쩔매는
것을 보았습니다.

심술궂은 도깨비는 밤새 도깨비 방망이를 휘둘러 요술을 부렸
습니다.

"농부네 집 마당에 밤송이 껍질이 산처럼 쌓여라. 얏! 더 쌓여
라. 얏!"

할아버지와 할머니는 마당에 나왔다가 깜짝 놀랐습니다.

이렇게 많은 밤송이 껍질을 본 적이 없거든요. 할아버지와 할머니는 따가워서 만질 수도 없는 이 많은 밤송이를 어쩌나 걱정했습니다.

하지만 할아버지는 도깨비 들으라고 또 마음에 없는 소리를 했습니다.

"이렇게 고마울 수가. 올 겨울엔 땔감 걱정 없겠구나. 좋다, 좋아! 껍질 말고 알밤이 있었으면 고약할 뻔했네!"

숨어서 얘기를 들은 도깨비는 화가 나서 어쩔 줄을 몰랐습니다.

"아니 뭐라고?"

그날 밤 도깨비는 도깨비 방망이로 도술을 부렸습니다.

"밤송이 껍질들은 알밤으로 변해라!"

도깨비는 할아버지를 괴롭힐 생각에 신나서 알밤을 쌓고 쌓았습니다. 농부네 집 마당에는 알밤이 쌓여 갔습니다.

다음 날 아침, 할아버지와 할머니는 마당 가득 쌓인 알밤을 보았습니다. 두 사람은 무척 기뻤습니다.

할아버지와 할머니는 알밤을 이웃에게 나눠 주고, 광에도 잔뜩 쌓아 두었습니다. 그리고 입이 궁금할 때마다 알밤을 구워 먹으며 아랫목에서 도깨비 이야기를 했답니다.

논리력이 쑥쑥~

1. 〈도깨비를 골탕먹인 할아버지〉라는 제목과 이야기가 잘 맞아 떨어지는지 생각
   해 봅시다. 그리고 나만의 제목을 지어 봅시다.

   -

2. 밭에 돌이 가득했을 때 할아버지는 낙심하지 않고 꾀를 냈습니다. 여러분이
   할아버지라면 밭에 가득한 돌을 보고 어떻게 말했을까요?

   -

3. 내가 내었던 꾀 중에 가장 기발했다고 생각하는 것은 무엇이 있는지 생각해
   봅시다. 그리고 내 꾀와 할아버지의 꾀를 비교해 보고 어떤 꾀가 더 좋은지,
   왜 그렇게 생각하는지 말해 봅시다.

   -

책을 읽은 뒤에는 여러분이 읽었던 책의 내용을 기억하면서 생각이나 느낌을 글로 써 보는 것이 좋습니다. 독서 감상문을 적으면 이야기가 전하는 지혜가 새록새록 떠오르기 때문입니다. 그리고 그 기록들을 통해 나의 독서 습관이나 나의 생각들을 점검하고 관찰할 수도 있습니다.

우리끼리
오순도순

춤추는 호랑이

옛날 어느 마을에 피리를 잘 부는 나무꾼이 있었습니다. 그 나무꾼의 피리 부는 솜씨는 아주 유명했습니다. 나무꾼만 지나가면 동네 사람들이 피리를 불러 달라고 졸랐습니다. 피리 소리가 나면, 동네 아이들까지 몰려와서 같이 노래를 불렀습니다.

나무꾼은 산에 나무를 하러 가서도 늘 피리를 불었습니다. 나무꾼이 피리를 불면 산새들이 모여와 함께 지저귀었습니다.

어느 날 나무꾼은 나무를 팔러 장에 갔습니다. 집에 돌아가려고 산을 오르는데 호랑이를 만났습니다. 길 저편에서 호랑이 한 마리가 나타난 것입니다. 호랑이는 나무꾼을 잡아먹으려고 달려왔습니다.

놀란 나무꾼은 깜짝 놀라 옆에 있던 나무 위로 올라갔습니다. 나무꾼은 가까스로 죽음을 면할 수 있었습니다.

나무꾼은 호랑이가 나무 위로 올라올까 봐 장에서 사온 참기름을 나무에 부었습니다. 나무가 매끌매끌해지자 화가 잔뜩 난 호랑이는 '어흥!' 소리를 지르며 나무꾼을 노려보았습니다. 금방이라도 나무에 기어오를 자세였습니다. 그러나 미끄러워서 기어오르지는 못하고, 나무 밑을 빙빙 돌다 숲 속으로 들어가 모습을 감췄습니다.

나무꾼은 호랑이가 안 보이자 나무에서 내려가려고 했지만 숲 속에서 호랑이가 지키고 있는 것 같아 무서워서 그대로 있었습니다.

"누가 지나가면 도와 달라고 해야겠다."

그때 어디서 나타났는지 대여섯 마리의 호랑이가 한꺼번에 나타났습니다. 호랑이가 혼자서는 나무 위에 오를 수 없다는 것을 알고 제 동무들을 데리고 온 것입니다.

간신히 살았다고 생각하던 나무꾼은 여러 마리의 호랑이를 보자, 그만 간이 콩알만 해졌습니다.

호랑이 한 마리가 나무 밑에서 붙어 서자 그 위에 다른 한 마리가 올라서고, 또 그 위에 한 마리가 올라서고 하여 무동을 타듯 층층으로 올라서서, 호랑이는 거의 나무꾼에게 닿게 됐습니다.

나무꾼은 호랑이를 피해 나무 끝까지 올라갔습니다. 하지만 호랑이 탑은 계속 높아졌습니다.

'아, 이제 죽겠구나. 이왕 죽을 거 피리나 실컷 불고 죽자.'

휘리릴리 휘리리 휘리리……

나무꾼의 피리 소리가 울려 퍼졌습니다. 나무꾼은 즐겨 불던 신나는 곡을 연주했습니다.

그런데 호랑이 가운데 춤을 좋아하는 호랑이가 한 마리 있었습니다. 신나는 피리 소리가 들리자 춤 추는 걸 좋아하는 호랑이는 엉덩이를 흔들며 춤을 추었습니다. 춤추는 호랑이는 호랑이 탑의 가장 아래를 받치고 있던 호랑이였습니다.

가장 아래에 있던 호랑이가 춤을 추자 위에 올라섰던 호랑이가 균형을 잃었습니다.

"어흥!"

마침내 맨 위에 있던 호랑이가 아래로 떨어졌습니다. 그러나 춤을 좋아하는 호랑이는 계속 춤만 추었습니다.

"어흥!"

또 한 마리가 떨어졌습니다.

"어흥!"

93

호랑이들은 모두 바닥에 떨어져, 머리를 부딪히고 정신을 잃었습니다. 나무꾼은 여전히 피리를 불었습니다. 춤을 좋아하는 호랑이는 춤에 취해서 세상모르고 춤을 추었습니다.

나무꾼은 그 틈을 타 재빨리 나무에서 내려와 마을로 도망갔습니다.

그러나 춤을 좋아하는 호랑이는 나무꾼이 도망가는 줄도 모르고 춤만 추었습니다.

나무꾼은 피리 덕분에 무사히 집으로 돌아올 수 있었답니다.

논리력이 쑥쑥~ ●------------

1. 처음 책의 제목을 보았을 때 생각한 이야기와 실제 이야기를 비교해 봅시다.

---

2. 이야기를 읽고 가장 기억에 남은 장면은 어떤 장면입니까?

---

3. 이야기 속 등장인물에게 한 마디 해 준다면 누구에게 어떤 말을 해 줄까요?

---

4. 이 이야기를 보고 떠오르는 속담이 있다면 무엇인가요?

- -

- -

5. 내가 이야기 제목을 다시 짓는다면 어떻게 지을까요?

- -

- -

6. 위의 생각들을 떠올리며 독후감을 써 봅시다.

- -

- -

이야기를 읽을 때는 일이 일어난 순서와 그 까닭을 생각하면 좋습니다. 그러면 이야기의 흐름을 쉽게 이해할 수 있기 때문입니다. 전래 동화를 읽고 난 뒤에 일이 일어난 까닭과 일어난 일을 생각하며 머릿속으로 이야기를 간추려 봅시다.

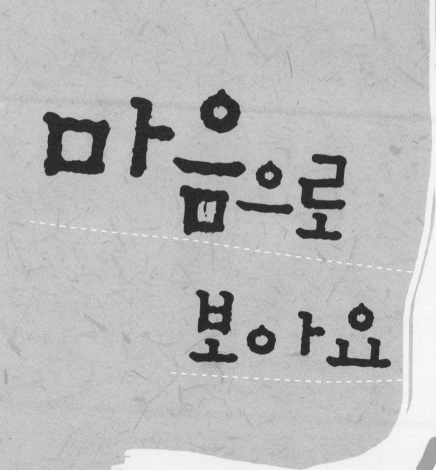

마음으로
보아요

다정한 오누이

아주 먼 옛날 금강산 골짜기에 사이좋은 오누이가 살았습니다. 그런데 누나가 병이 들어 자리에 눕고 말았습니다.

동생은 하나뿐인 누나를 살리고 싶었습니다. 동생은 누나의 병을 낫게 할 약초를 찾아 온 산을 헤맸습니다. 누나는 자신을 위해 험한 산을 오르는 동생이 고맙고 또 미안했습니다.

"네 손이 꼭 거북이 등짝 같구나."

누나는 동생의 거친 손을 보며 눈물을 흘렸습니다.

"괜찮아요, 누나. 오늘은 꼭 누나를 살릴 약초를 구해올 테니, 찬바람 쏘이지 말고 방에 누워 계세요."

그날도 동생은 약초를 찾아 숲을 헤매는데 갑자기 흰 수염의 할아버지가 나타났습니다.

"네 누나의 병은 인간 세상의 약초로는 고칠 수가 없다."

동생은 깜짝 놀랐습니다.

"누구이신지는 모르겠으나 제발 누나를 살려 주십시오."

"네 누나의 병은 달에 있는 계수나무 열매를 먹어야만 나을 수 있다."

달이라는 말에 동생은 주저앉았습니다.

"제가 어떻게 달에 간단 말입니까?"

"비로봉에 가면 선녀의 사다리가 있다. 보름달이 뜨는 밤이면 그 사다리가 보일 것이다."

동생은 할아버지에게 큰절을 하고 집으로 돌아왔습니다.

집으로 돌아온 동생은 할아버지께 들은 이야기를 누나에게 전했습니다.

"그래서 비로봉으로 가겠단 말이더냐? 사람이 달에 올라가다니, 너무 위험해. 가지 마라."

"오늘 보름달이 뜰 거예요. 지금 가야 해요. 아무 걱정 마세요."

누나는 어쩔 수 없이 초롱을 들고 동생을 배웅했습니다.

"조심해서 다녀와야 한다."

동생은 아픈 누나만 생각하며 산에 올랐습니다. 드디어 동생은 비로봉 꼭대기에 올라왔습니다.

하지만 사다리는 보이지 않고, 달은 너무나 멀게만 보였습니다.

"이를 어쩌지. 사다리가 없으면 달에 갈 수 없는데……."

달이 휘영청 밝았습니다. 달빛을 받자 빛으로 된 사다리가 모습을 드러냈습니다.

동생은 용기를 내서 달빛 사다리를 타고 올라갔습니다. 달에
도착하자 동생은 계수나무를 지키는 옥토끼를 만났습니다.

"아니, 이곳은 사람이 올 수 없는 곳인데 어찌 올라왔소! 잘못
하면 큰 벌을 받는단 말이오."

"옥토끼님, 제 누나를 살리려면 계수나무 열매가 꼭 필요합니
다."

옥토끼는 동생의 마음에 감동받아 계수나무 열매를 주었습
니다.

동생은 계수나무 열매를 품고, 비로봉으로 다시 내려가려고
사다리를 탔습니다.

그런데 동생이 달빛 사다리를 내려가는 모습을 하늘을 지키는
천군이 보았습니다.

"아니, 살아 있는 인간이 감히 하늘에 올라오다니!"

천군은 크게 화가 났습니다. 그래서 커다란 봉으로 동생이 잡고 있는 사다리를 내리쳤습니다.

동생이 돌아오기를 기다리며 하늘을 보던 누나는 그 모습을 보았습니다. 누나는 그 자리에 쓰러져 일어나지 못했습니다.

세월이 흐른 뒤 누나가 죽은 자리에서 꽃이 피어났습니다. 누나가 초롱을 든 모습을 꼭 닮은 꽃이어서 그 꽃을 금강초롱이라고 부른 답니다.

논리력이 쑥쑥~

1. 〈다정한 오누이〉의 줄거리를 간단하게 적어 봅시다.

- -

- -

- -

- -

2. 비로봉은 어느 산의 최고봉일까요?

- -

3. 금강산은 계절마다 부르는 이름이 다릅니다. 봄에는 금강산, 여름에는 봉래

산, 가을에는 풍악산입니다. 그럼 겨울에 부르는 이름은 무엇일까요?

- -

답: 2. 금강산 3. 개골산

방구쟁이 며느리

옛날 어떤 마을에 상냥하고 마음씨 고운 새색시가 살았습니다. 이 새색시에게는 남모를 비밀이 한 가지 있었습니다. 새색시는 엄청난 방귀를 뀌는 방귀쟁이였던 것입니다.

갓 시집온 새색시는 방귀쟁이인 걸 들킬까 봐 방귀가 뀌고 싶을 때는 집 밖으로 달려 나가 방귀를 뀌었습니다. 새색시가 숲 속에서 방귀를 뀌면 나무가 뿌리째 뽑혔습니다.

어느 날 아침이었습니다. 새색시가 밥상을 들려고 힘을 주다가 그만 실수로 방귀를 살짝 뀌고 말았습니다.

뿌웅!

새색시가 방귀를 뀌자마자 집이 흔들리더니 부엌이 무너졌습니다.

시아버지는 무척 화가 났습니다.

"무슨 방귀를 이렇게 크게 뀌느냐! 너하고는 못 살겠다. 네 친정집에 데려다 주마!"

시아버지는 새색시를 가마에 태우고 앞장서서 걸었습니다.

새색시는 가마 안에서 훌쩍훌쩍 울었습니다.

반나절쯤 지나 시아버지와 가마꾼들은 길가에 잠시 쉬었습니다. 시아버지는 배가 주렁주렁 달린 배나무를 보며 입맛을 다셨습니다.

"아, 저 배 참 맛있겠다."

새색시가 가마 안에서 그 말을 듣고 나왔습니다.

"아버님, 저 배가 드시고 싶으세요?"

"그래, 지금 먹으면 시원하고 딱 좋겠구나. 하지만, 저렇게 높이 달렸으니 따기는 글렀지."

새색시는 얼른 돌멩이 하나를 땅에 놓고 그 돌멩이에 방귀를 뽕 뀌었습니다. 그러자 돌멩이가 쏜살같이 날아가 배나무에 맞았습니다. 나무가 크게 흔들리자 배가 와르르 떨어졌습니다.

시아버지와 가마꾼들은 배를 맛있게 먹었습니다.

새색시는 다시 가마를 타고 친정으로 향했습니다.

가마가 드디어 친정이 있는 마을에 다다랐습니다. 그런데 마을이 환한 대낮인데도 쥐 죽은 듯이 고요했습니다.

"마을에 무슨 걱정이 있나. 사람 사는 곳이 어째서 이렇게 을씨년스럽지?"

시아버지와 가마꾼들이 이상해서 두리번거렸습니다.

며칠 전부터 이 마을에 호랑이가 나타났습니다. 집채만 한 호랑이가 무서워서 아무도 호랑이 가까이 가지 못했습니다. 마을 사람들은 집 안에 숨어서 오들오들 떨었습니다. 어떤 사람은 호랑이가 무서워 다른 마을로 도망갔습니다.

가마에서 내린 새색시는 고을 사또가 붙인 방을 보았습니다.

'마을에 무서운 호랑이가 돌아다니니 집 밖으로 절대 나오지 마시오!'

시아버지와 가마꾼들도 방을 읽고 깜짝 놀랐습니다.

가마꾼이 시아버지에게 말했습니다.

"영감님, 마을에 호랑이가 다니나 봅니다! 어서 우리도 피합
시다!"

시아버지도 겁이 덜컥 나 다시 마을을 빠져나가려는
데, 눈앞에 호랑이가 떡하니 나타났습니다.

호랑이는 마을이 제 집인 것처럼 천
천히 걸었습니다.

"으악!"

시아버지는 호랑이를 보자 무서워서 몸이 돌처럼 굳었습니다.

으르렁거리던 호랑이가 시아버지를 향해 달려왔습니다.

'아, 오늘이 내 제삿날이구나.'

시아버지가 다리에 힘이 풀려 주저앉아 떨고 있는데 요란한
방귀 소리가 들렸습니다.

뿌부붕뿡!

　　　　소리와 함께 돌로 된 절구통이 날아가 호랑이를 맞
　　　　쳤습니다.

절구통에 맞은 호랑이는 그 자리에서 죽고 말았습니다.

빈 집에 있던 절구통을 새색시가 방귀로 날린 것입니다.

"아버님, 괜찮으세요?"

새색시가 시아버지를 부축했습니다.

"아이고, 잘했다. 네 방귀도 쓸모가 있구나. 어서 집으로 돌아가자."

새색시와 함께 집으로 돌아온 시아버지는 그 뒤로 새색시를 무척 아껴주었다고 합니다.

논리력이 쑥쑥~

1. 〈방귀쟁이 며느리〉의 줄거리를 간단하게 적어 봅시다.

- -

- -

- -

- -

2. 방귀쟁이 며느리는 자신이 방귀쟁이인 것을 왜 숨겼을까요?

- -

3. '사람은 정직한 척하는 것이 아니라, 정직해야 한다'는 명언이 있습니다. 이
   명언을 떠올리며, 방귀쟁이 며느리가 시아버지를 속인 일이 잘한 일이었는지
   생각해 봅시다.

- -

친구와 이야기를 나눌 때는 원인과 결과를 생각하며 말하는 것이 좋습니다. 원인과 결과를 생각해 말하면 더 분명하고 쉽게 이야기를 이해할 수 있습니다. 원인과 결과가 드러나게 말하는 방법을 생각해 봅시다. 또한 겪은 일이나 들은 이야기를 주고받아 봅시다.

함께 사는 세상

흥부와 놀부

　옛날 한 옛날 흥부와 놀부 형제가 살았습니다. 욕심 많고 부자인 형의 이름은 놀부고, 착하고 가난한 동생의 이름은 흥부였습니다.

　욕심 많은 형 놀부는 부모가 돌아가시자 부모의 재산을 혼자 독차지하고, 착한 동생 흥부를 내쫓았습니다.

　동생 흥부는 아무것도 가진 것 없이 형 집에서 쫓겨났지만, 형을 원망하지 않았습니다. 하지만, 흥부에게는 열두 명의 자식이 있었습니다.

　"아버지, 배가 고파요. 밥 주세요. 엉엉."

　자신이 굶는 것은 괜찮았지만, 아내와 자식들이 굶는 것은 너무나 괴로운 일이었습니다.

　"여보, 쌀독에 쌀이 똑 떨어졌어요. 형님께 가서 쌀 좀 얻어오면 안 될까요?"

　착한 흥부는 형에게 폐를 끼치고 싶지 않았습니다. 하지만, 어린아이들이 배가 고프다고 우는 것은 도저히 볼 수 없었습니다.

흥부는 아내가 준 그릇을 들고 한 끼 먹을 쌀만이라도 얻을까
해서 놀부 집으로 갔습니다. 마침 놀부 부인이 밥을 짓고 있었습
니다. 가마솥에서 구수한 밥 냄새가 흥부의 코를 간질였습니다.

"형수님, 저 왔습니다. 저희 아이들이 굶고 있습니다. 제발 그
하얀 밥 한 그릇만 주세요."

아침상을 차리려고 주걱으로 밥을 푸던 놀부 부인이 흥부를
보고는 눈초리가 올라갔습니다. 놀부 부인은 들고 있던 밥주걱으
로 냅다 흥부의 뺨을 때렸습니다.

"어디 아침부터 우리 밥을 탐내! 이엣! 이거나 먹어라!"

그런데 자신의 뺨에 붙은 밥알을 떼먹으며 흥부가 이렇게 말
하는 게 아니겠어요.

"아이고 형수님, 고맙습니다. 이쪽 뺨도 한 대 더 때려 주세
요! 이왕이면 밥알을 많이 붙
여서요."

놀부 부인은 기가 막혀
서 흥부를 당장 쫓아냈습
니다. 집으로 돌아오는
길에 흥부는 그만 눈물
이 흘렀습니다.

117

'빈손으로 돌아온 것을 알면 모두 실망할 텐데. 어쩌나.'

빈 그릇을 들고 힘없이 집으로 돌아온 흥부는 집 앞마당에서 제비 새끼를 발견했습니다. 제비 둥지에서 떨어진 제비 새끼의 다리 한쪽이 부러져 있었습니다.

"불쌍한 제비야, 얼마나 아팠느냐."

그때 흥부네 모든 식구가 돌아온 아버지를 보고 달려 나왔습니다.

먹을 게 있는 줄 알고 반가워하던 가족은 흥부 손에 들린 다친 제비를 보고 실망했습니다. 하지만, 곧 모두 힘을 합쳐 제비를 치료하고 새끼 제비를 둥지에 다시 올려 주었습니다.

어느새 시간은 흘러 겨울이 다가왔습니다. 따뜻한 지방에서만 생활하는 제비는 추운 겨울을 피해 따뜻한 남쪽 나라로 떠나야 했습니다.

흥부네 가족은 제비 가족과의 이별이 매우 아쉬웠습니다. 그런데 제비 가족도 마찬가지였나 봅니다. 제비도 흥부네 가족과의 이별이 아쉬운 듯 흥부네 집 지붕 위를 빙글빙글 돌다가는 다른 새들을 따라 떠났습니다.

추운 겨울이 지나고 봄이 다가왔습니다. 제비도 다시 찾아왔습니다. 그런데 돌아온 제비가 박씨를 물고 왔습니다.

"얘들아, 제비가 물고 온 박씨를 심자꾸나. 가을이 되면 이 박을 따서 맛있는 음식을 해 먹자꾸나.”

아이들과 흥부는 제비가 물고 온 박씨를 정성스레 심었습니다.

어느덧 흥부네 지붕에는 탐스러운 박이 주렁주렁 달렸습니다.

“영차! 영차!”

흥부네 가족은 커다란 박을 따서 열심히 갈랐습니다.

펑!

놀랍게도 첫째 박에서는 쌀이 계속 쏟아졌습니다.

“여보, 쌀 좀 봐요. 아이들에게 쌀밥을 해 줄 수 있겠소.”

“이 정도면 평생을 먹고 살 수 있겠어요!”

흥부와 흥부 부인은 얼싸안고 기뻐했습니다.

이번엔 둘째 박을 쪼갰습니다. 둘째 박에서는 온갖 보석과 돈
이 나왔습니다. 흥부와 가족들은 놀라서 눈이 동그래졌습니다.

“태어나서 이렇게 많은 돈은 처음 봐요!”

“우린 이제 부자다!”

흥부네 아이들은 신이 나서 소리쳤습니다.

“이 정도면 우리 동네 사람들이 다 배불리 먹을 수 있겠어요.”

“그렇고말고.”

흥부와 흥부 아내는 놀란 가슴을 부여잡고 셋째 박을 갈랐습니
다. 셋째 박에서는 건장한 하인들이 우르르 나왔습니다.

“시켜만 주십시오. 뭐든 다 하겠습니다.”

흥부네 식구들은 좋아서 덩실덩실 춤을 추었습니다. 그래서
흥부는 순식간에 고을에서 제일가는 부자가 되었습니다.
이 소식은 욕심 많은 놀부의 귀에까지 들어갔습니다.

놀부는 동생 흥부가 부자가 되었다는 소식을 듣고 너무 배가 아파 잠을 이룰 수가 없었습니다.

"조금 더, 조금 더. 아이고, 잘 좀 찾아봐요!"

놀부와 놀부 부인은 사다리를 타고 올라가 제비집에 있는 제비 새끼 한 마리를 꺼냈습니다. 멀쩡한 새끼 제비를 바닥으로 떨어뜨려 다리를 똑 부러뜨렸습니다.

"아이고! 제비야, 어쩌다가 다리가 이렇게 똑 부러졌느냐?"

놀부는 시치미를 뚝 떼고 제비를 치료한 뒤 제비 둥지에 올려놓았습니다.

"제비야, 어서어서 날아가서 금은보화가 가득 든 박씨를 내게도 물어다 주거라."

그렇게 겨울이 지나고 새봄이 되었습니다. 제비는 놀부에게도 박씨를 하나 물어다 주었습니다.

놀부 부부도 흥부네처럼 박씨를 심고 키웠습니다. 놀부네 집에도 박이 주렁주렁 열렸습니다. 박이 얼마나 큰지 지붕이 흔들릴 정도였습니다.

놀부 부부는 박이 익자 싱글벙글 웃으며 톱을 들고 왔습니다.

박이 하도 커서 톱으로 갈라야 했습니다.

놀부와 놀부 부인은 쓱싹쓱싹 박자에 맞춰 박을 탔습니다.

"지화자 좋다. 금은보화를 가득 담은 박아, 어서 벌어져라!"

놀부와 놀부 부인은 콧노래를 부르며 박을 썰었습니다.

펑!

첫 번째 박이 쩍 벌어지자 도둑놈들이 쏟아져 나와 놀부의 재산을 다 훔쳐 갔습니다.

"아이고, 이게 무슨 날벼락이오!"

놀부 부인은 주저앉아서 엉엉 울었습니다.

"여보, 괜찮아요. 우린 박이 두 개나 더 있지 않소!"

놀부와 놀부 부인은 눈물을 닦고 또 박을 탔습니다.

"이번에는 제발 금은보화가 나와라!"

두 사람은 이제 자신들도 흥부처럼 부자가 된다고 생각하고 두 번째 박을 열심히 갈랐습니다.

펑!

그런데 이게 웬일입니까. 그 박에는 똥물이 한가득 들었습니다. 두 사람을 똥물을 뒤집어쓴 채 통곡했습니다.

놀부와 놀부 부인은 똥물을 뒤집어쓰고 세 번째 박으로 기어 갔습니다.

이 박에는 금은보화가 들어 있을 거라고 두 사람은 믿었습니다.

"박이 묵직한 걸 보니 이 박에는 금은보화가 있는 게 틀림없소."

"맞아요, 도둑놈도 나오고 똥물도 나왔으니 또 나쁜 게 나올리 없어요."

　세 번째 박에서는 도깨비들이 나왔습니다. 도깨비들은 춤을
추면서 놀부와 놀부 부인을 신나게 패 주고 사라졌습니다.

　"아이고, 허리야. 놀부 죽네."

　"거지도 이런 거지가 없네요."

　"아이고, 우린 망했구나. 쫄딱 망했구나."

　놀부와 놀부 부인은 거지가 되어 이 동네 저 동네를 떠돌았
습니다.

　흥부는 저를 미워하고 돌봐 주지 않던 형이건만, 그들이 거지
가 되자 자기 집으로 불러 함께 살도록 해 주었습니다.

논리력이 쑥쑥~

1. 〈흥부와 놀부〉에서 형제가 사이가 좋았더라면 어떠했을까요?

----

2. 놀부가 키운 박에서는 어떤 것들이 나왔습니까? 왜 그런 것들이 나왔습니까?

----

3. 흥부는 왜 놀부를 용서해 주고, 함께 살았는지 생각해 봅시다.

이상한 샘물

옛날 어느 마을에 가난하지만 마음이 착한 할아버지, 할머니가 살았습니다.

할아버지, 할머니의 옆집에는 심술궂은 홀아비 영감이 살았습니다.

그 홀아비 영감의 별명은 '욕심쟁이 영감'이었습니다.

자기한테 좋은 것이 생기면 아무도 안 주면서, 남한테 좋은 것이 생기면 꼭 뺏으려고 들었거든요.

마을 사람들은 욕심쟁이 영감을 싫어했습니다.

"쯧쯧, 하루 종일 남의 험담만 하는 나쁜 영감이야. 옆집에 사는 할아버지와 할머니는 얼마나 힘들까."

그러나 마음 착한 할아버지와 할머니는 이웃집 영감을 잘 대해 주었습니다. 맛있는 음식도 나눠주고, 겨울에는 땔감도 주었습니다.

그러던 어느 날 나무하러 간 착한 할아버지가 저녁이 되어도 돌아오지 않았습니다.

할머니는 걱정이 되어 발을 동동 굴렀습니다.

할머니는 이웃집 욕심쟁이 영감에게 갔습니다.

"아무래도 산에서 무슨 일이 생긴 모양이니, 횃불을 들고 좀 찾아봐 줘요."

그런데 할머니의 말을 들은 욕심쟁이 영감은 귀찮다는 표정으로 할머니를 보았습니다.

"싫소. 이 밤에 누구를 찾으러 간단 말이오? 귀찮게 하지 말고 썩 꺼지시오!"

하지만 할머니는 한 번 더 부탁했습니다.

"미안합니다. 하지만 부탁할 곳이 없어서. 제발 부탁드립니다."

할머니는 욕심쟁이 영감에게 사정을 했습니다.

그러자 욕심쟁이 영감이 할머니에게 버럭 화를 냈습니다.

"싫다는데 왜 자꾸 귀찮게 하는 거야? 이 밤에 나갔다가 나까지 길을 잃으면 어쩌라고! 어서 가시오!"

할머니는 눈물을 흘리며 집으로 돌아 왔습니다.

그런데 어둠 속에서 산길을 내려오는 할아버지가 보였습니다. 할머니는 서둘러 할아버지에게 달려갔습니다.

"아이고, 어서 오세요. 얼마나 걱정을 했는지 몰라요. 왜 이렇게 늦으셨어요?"

할아버지 얼굴을 본 할머니는 깜짝 놀랐습니다.

얼굴에 주름도 없어지고, 아침에는 흰머리였는데 지금은 새까
만 머리카락이었습니다.

"여보 어떻게 이렇게 젊어지셨소?"

"글쎄, 나도 모르겠소. 처음 보는 맑은 옹달샘이 있기에 목이
말라서 샘물을 퍼마셨더니 그만 잠이 들었다오. 한참을 자다가
깨어 지금 돌아오는 길이오."

할머니는 할아버지를 찬찬히 보았습니다. 할아버지는 얼굴뿐
만 아니라 목소리까지 젊어졌습니다.

이튿날 새벽 할아버지는 할머니를 데리고 그 샘물을 찾아갔습
니다.

할아버지처럼 할머니에게도 젊음을 찾아 주고 싶었기 때문입
니다.

샘물에 다다른 할머니는 할아버지가 일러 준 것처럼 조심스럽
게 샘물을 떠서 마셨습니다.

물을 마시자 할머니도 졸음이 쏟아졌습니다.

"여보, 너무 졸리니 한숨 자야겠어요."

할머니는 할아버지의 대답을 들을 새도 없이 잠이 들고 말았
습니다.

잠시 뒤 한숨 자고 일어난 할머니는 샘물에 얼굴을 비춰 보고
깜짝 놀랐습니다. 정말 할아버지 말처럼 할머니 얼굴의 주름이
사라지고 없었습니다. 젊었을 때의 모습이었습니다.

마음 착한 할아버지와 할머니는 기운차고 일 잘 하는 젊은 내외가 되었습니다. 욕심쟁이 영감도 부리나케 산속으로 들어가 할아버지가 가르쳐준 샘물을 마셨습니다. 그런데 해가 져도 욕심쟁이 영감이 돌아오지 않았습니다.

　　"이걸 어째요! 아무 데도 없어요."

　　젊은 내외는 한숨을 내쉬었습니다. 그때 바위틈에서 "으앙으앙." 하는 울음소리가 들렸습니다. 커다란 옷을 입은 아기였습니다. 욕심쟁이 영감이 젊어지려고 샘물을 너무 많이 마셔서 갓난아기가 된 것입니다.

　　"집에 어린애가 없어서 쓸쓸했는데 우리가 데려다 길러요."

　　마음씨 착한 부부는 아기를 안고 마을로 내려갔습니다.

논리력이 쑥쑥~

1. 욕심쟁이 영감은 왜 갓난아이가 되었습니까?

- -

- -

- -

2. 여러분 주변의 물건 중에 '이것'은 '이러한' 신기한 능력이 있으면 하고 바라
  는 것이 있나요? 예를 들면 '빗으면 머리카락이 길어지는 빗', '신으면 날 수
  있는 운동화'처럼 말이죠. 자유롭게 상상해 보세요.

- -

- -

- -

같은 이야기를 읽더라도 읽은 사람마다 생각하거나 느낀 점이 모두 다릅니다. 책을 읽은 뒤 느낀 생각을 이야기해 봅시다. 나는 전혀 생각하지 못했던 다양하고 재미있는 친구의 생각을 엿볼 수 있을 것입니다. 친구들의 다양한 생각을 들으면 이야기가 더욱더 재미있게 기억될 것입니다. 이제 이야기를 읽고 나만의 생각을 담아 독서 감상문을 쓴 뒤 친구들과 의견을 나누어 봅시다.

서로의 생각을
나누어요

자린고비 영감

옛날에 아주 유명한 구두쇠인 자린고비 영감이 살았습니다.

자린고비 영감은 어찌나 구두쇠인지 짚신 닳는 것이 아까워 짚신을 허리에 차고 맨발로 걸어 다녔습니다.

하루는 자린고비 영감이 굴비 한 마리를 사 왔습니다.

식구들은 깜짝 놀랐습니다. 늘 반찬으로 간장만 먹었는데 아버지가 굴비를 사 왔으니 놀랄 만도 하지요.

밥 먹을 시간이 되자 밥상 위에 이상한 풍경이 펼쳐졌습니다.

자린고비 영감이 굴비를 밥상 위에 매달아 놓은 것입니다.

"모두 잘 들어라. 밥 한 번 먹고 굴비를 한 번 보거라. 그러면 굴비를 먹은 것과 마찬가지일 것이다."

식구들은 어처구니가 없었지만, 아버지가 시키는 대로 밥 한 술 먹고, 굴비를 한 번 쳐다보면서 식사를 했습니다.

밥을 먹던 자린고비가 며느리에게 물었습니다.

"얘야, 오늘 국에서 고기 맛이 나는구나. 설마 고기를 넣은 것은 아니겠지?"

그 말에 며느리가 방긋 웃으며 대답했습니다.

"아버님, 그것이 아니옵고, 오늘 새벽에 생선 장수가 지나가지 뭐예요. 제가 생선을 이것저것 고르는 척하면서 실컷 만진 뒤에 손 씻은 물로 국을 끓였습니다. 그랬더니 국에서 고기 맛이 나네요."

며느리는 시아버지에게 칭찬받을 것으로 생각했습니다. 하지만 자린고비는 혀를 쯧쯧 찼습니다.

"아깝다, 아까워."

"예? 무엇이 아까우세요?"

며느리는 궁금해서 물었습니다.

"네가 그 손을 우물에다 씻었으면 두고두고 고깃국을 먹었을 것이 아니냐. 아깝다, 아까워."

식구들은 자린고비의 인색함에 혀를 내둘렀습니다.

자린고비는 밥을 먹다 말고 숟가락을 밥상 위에 탁 소리 나게 놓았습니다.

"둘째야!"

둘째 아들은 도둑질하다가 걸린 것처럼 고개를 푹 숙였습니다.

"내가 밥 한 번 먹고, 굴비를 딱 한 번 쳐다보라고 했는데 왜 말을 듣지 않고 그렇게 오랫동안 굴비를 쳐다보느냐!"

"잘못했습니다, 아버지."

"내가 네 나이 땐 우리 집 간장독에 앉았던 파리를 쫓아 십 리를 달렸어. 그래서 기어이 파리놈의 뒷다리에 붙은 우리 집 간장을 쪽쪽 빨아 먹고 왔다. 나이도 먹을 만큼 먹은 녀석이 이렇게 철이 없어서야, 쯧쯧."

자린고비는 식구들이 너무 헤프다며 잔소리를 늘어놓았습니다. 둘째 아들은 굴비를 한 번도 쳐다보지 못하고 밥을 먹었습니다.

자린고비는 나갈 채비를 했습니다.

"여보, 어디 가게요?"

"청주에 다녀오겠소. 둘째 녀석이 철이 하도 안 들어서 장가라도 보내야겠소."

"청주에 아는 분이라도 있나요?"

자린고비는 부채를 챙기며 대답했습니다.

"청주 사는 유명한 구두쇠에게 딸이 있다고 들었소. 사돈 될 사람을 좀 알아보고, 혼담을 넣어 보겠소."

자린고비는 아들을 장가보내려고 청주에 사는 유명한 구두쇠를 찾아갔습니다. 만약 청주에 사는 구두쇠가 마음에 들지 않으면 그 집과 사돈 맺지 않으려고 했습니다. 큰 며느리도 평양의 유명한 구두쇠 집안의 딸이었습니다.

'암, 헤픈 며느리가 들어오면 집안 기우는 건 하루아침이지.'

청주 구두쇠 집에 다다른 자린고비는 서로 인사하고 이야기를 나눴습니다.

먼저 자린고비가 자기 자랑을 했습니다.

"허어, 날이 참 덥네요."

자린고비는 들고 간 부챗살을 딱 두 개만 펴서 부채질을 했습니다.

"난 부채가 닳을까 봐 이렇게 부채질을 한다오. 아휴, 시원하다."

그 모습을 본 청주 구두쇠가 부채를 활짝 폈습니다.

자린고비는 청주 구두쇠에게 실망했습니다.

'부채를 활짝 펴서 부채질하면 어찌 구두쇠라 할 수 있겠는가. 보통 사람들과 마찬가지 아닌가. 내 오늘 헛걸음했구나.'

그런데 청주 구두쇠가 부채질을 하는 게 아니라, 부채 앞에서 고개를 절레절레 흔드는 게 아닙니까.

"난 이렇게 부채질을 한다오. 이러면 부채가 전혀 안 닳거든.

아, 시원하다."

　자린고비는 바로 청주 구두쇠에게 사돈을 맺자고 했습니다. 청주 구두쇠의 딸이라면 자신의 며느리로 손색이 없다고 생각했습니다.

　일이 술술 풀려 자린고비의 둘째 아들은 청주 구두쇠 딸과 혼인했습니다.

　드디어 둘째 며느리가 처음 아침 밥상을 차리는 날입니다.

　자린고비는 둘째 며느리가 어떤 밥상을 차릴지 기대했습니다.

　하지만 둘째 며느리의 밥상을 보고 자린고비는 깜짝 놀랐습니다. 간장을 종지에 가득 담아 온 것이 아닙니까!

자린고비네는 늘 간장을 종지 바닥이 비칠 만큼 조금만 담아 먹었습니다.

"크음!"

자린고비는 상차림이 못마땅해서 헛기침을 했습니다.

자린고비의 아내가 둘째 며느리에게 물었습니다.

"애야, 간장을 왜 이렇게 많이 담아 왔니?"

둘째 며느리는 다소곳이 대답했습니다.

"식구가 많고 간장이 적으면 꼭 먹어야겠다는 마음이 듭니다. 그래서 밥 먹을 때 간장을 많이 뜨게 됩니다. 또 종지가 금세 비면 입이 더 싱겁게 느껴져 간장이 없는데도 종지 바닥을 긁게 됩니다. 그러면 종지도 닳고, 숟가락도 닳습니다. 이렇게 간장을 많이 떠 놓으면 보기만 해도 입이 짜서, 조금 뜨게 됩니다. 종지 바닥을 긁을 일도 없고요."

"맞다, 네 말이 맞다."

둘째 며느리의 대답을 들은 자린고비는 무릎을 치며 좋아했습니다. 그 뒤로도 자린고비 가족은 무엇이든 아끼며 살았다고 합니다.

논리력이 쑥쑥~

1. 자린고비 영감의 좋은 점과 좋은 점이라고 생각한 까닭을 써 보세요.

   좋은 점:

   그렇게 생각한 까닭:

2. 자린고비 영감의 나쁜 점과 나쁜 점이라고 생각한 까닭을 써 보세요.

   나쁜 점:

   그렇게 생각한 까닭:

3. 자린고비가 우리 집에 온다면 우리가 무엇을 헤프게 써서 놀랐을지 상상해
   봅시다.

   -

   -

이야기를 읽을 때는 글의 느낌을 생생하게 살려 읽는 것이 좋습니다. 목소리와 말투, 표정, 몸짓을 살려서 읽다 보면 등장인물의 특성을 알 수 있습니다. 등장인물의 특성을 살려서 이야기를 읽어 봅시다. 등장인물의 마음이 생생하게 느껴질 것입니다.

마음은 이었어요

도깨비 방망이

옛날 어느 마을에 못된 형이 살았습니다. 못된 형이 어느 날 착한 동생을 불렀습니다.

"언제까지 내 집에 얹혀 살 셈이냐! 이제 너도 부지런히 일해서 살아가도록 해야겠다! 너는 재산이 적다고 생각할지 모르지만, 나는 가족들이 있으니 필요한 돈이 많다. 너는 젊으니 부지런히 일하면 나보다 더 많은 재산을 모을 수 있을 거다. 그리고 넌 혼자 살면 외로울 테니 아버지도 모시고 나가거라."

동생은 울면서 말했습니다.

"형님, 저야 나가라시면 나가겠습니다. 하지만 병드신 아버지는 이 추운 날씨에 저와 함께 나가면 고생이 심해 병환을 이겨 내기 힘드실 겁니다. 제발 봄이 올 때까지만 아버지를 집에 계시게 해 주세요."

동생은 눈물을 흘리며 애원했지만 못된 형은 병든 아버지와 어린 동생을 내쫓았습니다. 형은 아버지의 돈은 다 차지해 마을

146

에서도 떵떵거리는 부자가 되었습니다. 하지만 동생은 아버지와 비가 새는 추운 집에서 살았습니다.

동생은 온갖 궂은일을 했습니다. 고생을 하면서도 아버지를 정성껏 돌봤습니다.

마을 사람들은 효자 동생을 칭찬하고, 아버지와 동생을 내쫓은 못된 형을 욕했습니다.

형은 마을 사람들에게 욕먹는 게 싫었습니다. 그래서 동생을 집으로 불러 혼냈습니다.

"네가 얼마나 아버지를 잘 모시지 못했으면 마을 사람들이 나를 욕하겠느냐. 너 같은 동생을 둔 것이 부끄럽다. 아버지를 모시고 내 눈에 안 띄게 이웃 마을로 가거라! 너와 한동네 사는 게 창피하다!"

"형님, 마을 사람들이 도와줘서 그나마 입에 풀칠을 하고 있는데, 다른 마을로 가면 아버지를 모시기 더 힘들 것입니다. 앞으로 아버지를 더 잘 모시겠습니다. 이 동네에 살게 해 주십시오."

"네가 볼기를 맞아야 정신을 차리겠느냐! 오늘 밤에 떠나거라!"

동생은 어쩔 수 없이 동네를 떠나기로 했습니다. 동생은 간단하게 집을 꾸려서 아버지를 업고 길을 떠났습니다.

아버지를 업고 밤길을 가는데 아버지가 말했습니다.

"둘째야, 여기 개암이 떨어져 있구나."

아버지 말에 땅을 보니 잘 익은 개암이 여러 개 떨어져 있었습니다. 동생은 개암을 모두 주웠습니다. 동생은 개암을 어금니로 오도독 깠습니다.

"아버지, 드세요."

"오냐, 오냐."

아버지는 개암을 맛있게 먹었습니다.

"둘째야, 너도 먹어라."

"아니에요. 저는 있다가 먹겠습니다."

동생은 남은 개암을 주머니에 넣고 다시 아버지를 업고 한참을 걸었습니다. 사방은 캄캄하고, 다리가 점점 아파왔습니다. 오도 가도 못하고 산속에 갇힌 동생은 걱정이 됐습니다.

'날도 추운데 산속에서 자야 하나?'

그때 동생은 멀리 있는 집을 발견했습니다.

"다행이다, 집이 있구나. 아버지, 저기 집이 있습니다. 오늘 밤은 저 집에서 신세지면 되겠습니다."

"좋다, 좋아. 어서 가 보자."

동생은 집으로 걸음을 옮겼습니다. 다가가 보니 그 집은 사람이 살지 않는 다 무너져 가는 오막살이였습니다. 문은 부서지고, 벽은 온통 허물어져서 구멍이 숭숭 뚫렸습니다. 하지만 없는 것보다는 나았습니다.

아버지와 둘째 아들은 그 집에서 하룻밤 자고 가기로 하고 몸을 뉘였습니다.

동생은 앞으로 살길이 막막해 잠이 오지 않았습니다.

먼 곳에서 사람들이 떼를 지어 걸어오는 소리가 들렸습니다.

동생은 깜짝 놀랐습니다. 한밤중에 떼를 지어 다니는 도둑이라고 생각했기 때문입니다. 동생은 아버지를 업고 얼른 들보 위로 올라갔습니다. 동생과 아버지는 숨소리도 내지 않고 숨었습니다.

놀랍게도 집으로 들어온 것은 도둑들이 아니라 한 무리의 도깨비였습니다. 도깨비들은 집에 들어오자마자 외쳤습니다.

"술 나와라, 뚝딱!"

도깨비가 손에 든 방망이를 땅에 내려치기 무섭게, 술 한 동이가 생겼습니다.

"안주 나와라, 뚝딱!"

또 금세 안주가 한 상 차려졌습니다.

도깨비들은 맛있는 음식을 실컷 먹으며 신나게 놀았습니다.

하루 종일 굶은 동생은 맛있는 음식을 보자 시장기가 밀려왔습니다. 아버지가 말했습니다.

"둘째야, 개암을 먹자."

동생은 그제야 주머니에 넣어둔 개암이 생각났습니다. 동생은 개암을 꺼내 힘껏 깨물었습니다.

오도독오도독.

그 소리에 도깨비들은 멈칫했습니다. 한 도깨비가 외쳤습니다.

"으악, 집 무너진다!"

도깨비들은 꽁지가 빠지게 도망갔습니다. 개암 깨무는 소리를
집이 무너지는 소리로 착각한 것입니다.

동생은 아버지와 들보에서 내려왔습니다.

"아버지, 도깨비들이 다 갔습니다."

"둘째야, 넌 어서 도깨비 방망이를 챙겨라."

동생은 아버지의 말대로 도깨비가 두고
간 방망이를 집었습니다.

"금 나와라, 뚝딱!"

동생이 외치자 눈앞에 주먹만 한 황금이 나타났습니다. 아버지와 동생은 기뻐서 어쩔 줄을 몰랐습니다.

얼마 뒤, 못된 형은 자신이 내쫓은 동생이 이웃마을에서 부자가 되어 잘산다는 소문을 들었습니다.

형은 아버지가 자기 몰래 동생에게 재산을 준 게 아닌가 싶어 동생을 찾아갔습니다. 형이 와서 따지자 동생은 도깨비 방망이를 얻은 이야기를 해 주었습니다.

형은 도깨비 방망이가 탐이 났습니다. 그래서 개암을 한 움큼 쥐고 동생이 말한 집의 들보 위에서 도깨비가 오기만을 기다렸습니다.

한밤중이 되자 정말 동생 말대로 도깨비들이 왁자지껄 몰려왔습니다.

형은 있는 힘껏 개암을 깨물었습니다.

오도독오도독.

그 소리가 나자 도깨비들이 조용해졌습니다.

형은 도깨비들이 빨리 도망가기를 바랐습니다. 그래서 개암을 마구 깨물었습니다.

오도독오도독.

하지만 도깨비들은 도망가지 않고 들보 위를 올려다봤습니다.

"오라, 네놈이구나. 지난번에 우리를 놀라게 한 놈이!"

도깨비들은 형을 들보에서 끌어내렸습니다. 그리고 흠씬 패 주었습니다.

논리력이 쑥쑥~

1. 글을 읽고 등장인물의 성격이 어떤지 생각해 봅시다.

  형, 동생, 아버지, 도깨비

----

2. 내가 이야기 속의 동생이라면 어떻게 대답했을 까요? 성격을 바꿔서 대사를
  만들어 넣어 보세요.

  못된 형 네가 얼마나 아버지를 잘 모시지 못했으면 마을 사람들이 나를 욕하

  겠느냐. 너 같은 동생을 둔 것이 부끄럽다. 아버지를 모시고 내 눈에 안 띄게

  이웃 마을로 가거라! 너와 한동네 사는 게 창피하다!

  동생

----

3. 지금 도깨비 방망이가 있다면 어떤 소원을 말하겠습니까?

삼년 고개

옛날 옛적에 한 할아버지가 읍내 장에 갔다 오는 길에 '삼 년 고개'에서 그만 넘어지고 말았습니다.

'삼 년 고개'에서 넘어지면 삼 년밖에 못 산다는 말이 전해 오고 있었습니다.

"아이고, 큰일 났네. 난 이제 삼 년밖에 못 살겠어. 흑흑흑."

앞으로 삼 년밖에 못 산다는 생각에 할아버지는 슬피 울었습니다. 집으로 돌아와 그만 자리에 눕고 말았습니다.

이 소문은 온 마을에 쫙 퍼졌습니다.

"최 영감님이 삼 년 고개에서 넘어지셨대."

"최 영감님이 삼 년 고개에서 넘어져서 병이 드셨대."

"최 영감님이 병이 드셔서 삼 년도 못 사실 거래."

꾀 많은 소년 훈이도 이 소문을 들었습니다.

훈이는 할아버지를 찾아갔습니다.

"할아버지, 삼 년 고개에서 넘어지셨다면서요."

"그렇단다. 난 이제 삼 년 밖에 못 살 것이다. 흑흑흑"

훈이의 물음에 할아버지는 너무나 상심해서 눈물을 뚝뚝 흘렸습니다.

"그럼 삼 년 고개에 가서 한 번 더 넘어지세요."

훈이가 야무지게 말했습니다.

훈이의 말에 할아버지는 화가 머리 끝까지 났습니다. 마치 훈이가 어른을 놀리는 버릇없는 아이로 보였거든요.

"이 녀석, 귀엽다고 오냐오냐 해 주었더니! 나더러 더 빨리 죽으란 소리냐!"

화가 난 할아버지가 소리를 버럭 질렀지만, 훈이는 눈 하나 깜짝하지 않았습니다.

훈이는 할아버지를 보고 웃으며 고개를 절레절레 저었습니다.

"아니에요, 할아버지. 한 번 넘어지면 삼 년밖에 못 살지만 두 번 넘어지면 육 년을 살고, 세 번을 넘어지면 구 년을 살 수 있잖아요."

훈이의 말을 들은 할아버지는 그 말에 눈이 번쩍 뜨였습니다.

"그렇구나! 그러니까 열 번을 넘어지면 삼십 년을 더 살 수 있겠구나! 허허허."

할아버지는 그 길로 바로 삼 년 고개로 달려갔습니다.

"어디 한 번 시작해 볼까?"

"어이쿠, 한 번 넘어졌다. 이제 삼 년이 늘어 육 년을 살겠구나. 어이쿠! 또 한 번 넘어졌다. 이제 구 년을 살고."

할아버지는 그렇게 훈이가 알려 준 것처럼 삼 년 고개에서 여러 번 넘어졌습니다.

그리고 훈이의 말처럼 오래오래 건강하게 살았답니다.

논리력이 쑥쑥~

'인생살이 새옹지마塞翁之馬'라는 말이 있습니다.

인생의 기쁜 일, 나쁜 일은 변화가 많아서 예측하기 어렵다는 뜻입니다.

옛날에 '새옹'이 기르던 말이 오랑캐 땅으로 달아나서 노인이 낙심했습니다. 그 뒤에 달아났던 말이 좋은 말 한 필과 함께 와서 새옹은 기뻐했습니다. 그러나 노인의 아들이 그 좋은 말을 타다 떨어져서 다리가 부러져 노인이 다시 슬퍼했습니다. 하지만 그 덕에 아들이 전쟁터에 끌려 나가지 않아 죽음을 면할 수 있었다고 합니다.

이렇듯 살다 보면 나쁜 일이라고 생각했던 것도 생각만 조금 바꾸면 좋은 일이 될 수도 있습니다.

'인생살이 새옹지마'와 비슷한 사자성어로 전화위복轉禍爲福이 있습니다. 무슨 뜻일까요?